一带一路
人物传奇

周莲珊 主编

之波 著

取真经

山西出版传媒集团
山西教育出版社

图书在版编目（ＣＩＰ）数据

智取真经 / 若金之波著. —太原：山西教育出版社，
2018.9（2020.6 重印）

（"一带一路"人物传奇 / 周莲珊主编）

ISBN 978 - 7 - 5440 - 9742 - 0

Ⅰ. ①智… Ⅱ. ①若… Ⅲ. ①长篇小说—中国—当代
Ⅳ. ①I247.5

中国版本图书馆 CIP 数据核字（2017）第 315050 号

智取真经
ZHIQU ZHENJING

出 版 人	雷俊林
选题策划	李梦燕
编辑统筹	朱 旭
责任编辑	刘 琳 王 珂
复 审	李梦燕
终 审	郭志强
装帧设计	陈 晓
印装监制	蔡 洁

出版发行 山西出版传媒集团·山西教育出版社
　　　　　（太原市水西门街馒头巷 7 号　电话：0351 - 4729801　邮编：030002）

印 装	阳谷毕升印务有限公司
开 本	850 × 1168　1/32
印 张	7
字 数	132 千字
版 次	2018 年 9 月第 1 版　2020 年 6 月第 4 次印刷
书 号	ISBN　978 - 7 - 5440 - 9742 - 0
定 价	21.00 元

如发现印、装质量问题，影响阅读，请与印刷厂联系调换。电话：0635 - 6173567。

《"一带一路"人物传奇》总序

周莲珊

"一带一路",指的是"丝绸之路经济带"和"21世纪海上丝绸之路"。2013年9月和10月,中共中央总书记、国家主席习近平在出访中亚和东南亚国家期间,先后提出共建"丝绸之路经济带"和"21世纪海上丝绸之路"的合作倡议,得到国际社会高度关注。

习近平同志"一带一路"倡议,旨在借用古代丝绸之路的历史符号,积极发展与沿线国家的伙伴关系,促进包括欧亚大陆在内的世界各国共同发展,构建一个互惠互利的利益、命运和责任共同体。

加强合作,建设更加美好的未来,意味着我们不仅要开拓思路,积极顺应世界发展的潮流,更应该向历史学习,吸收其中的营养,汲取经验和力量,为未来的发展注入新鲜活力。

2013年以来,中国图书市场上关于"一带一路"的图书选题就已层出不穷,总体看下来,大多都是学术研究型、理论型和史料型的图书。经过对图书市场关于"一带一路"选题持续一年多的调查分析,我们深深感到,有必要为我们的普通读者,尤其是广大的青少年读者，以及数百万的中小学老师和家长，策划、出版一套表现中华民族开拓"丝绸之路"这个伟大主题的、用文学的形式来诠释"一带一路"倡议思想精华的图书。

我们将目光聚焦在长篇小说这一领域。小说属于文学创作，可以把历史梳理得更透彻，把历史人物写得更生动，把历史故事讲述得更动听，把中国文学的语言美发挥得更淋漓尽致。这样，创作出来的作品，会更利于读者接受和理解，更利于我们传播"一带一路"倡议，激发读者更多的自豪感！我们的思路是这样的：以史为基，又不囿于历史，在史实的基础上，进行适度的文学创作，用优美的文字，结合环环相扣的动人的故事情节，塑造栩栩如生的人物形象，将在丝绸之路上做出过杰出贡献的人物，用长篇小说的形式表现出来，既普及相关历史知识，又增强可读性，给读者以文学的滋养。

思路清晰之后，经过与出版社的沟通，首先，我们从"陆上丝绸之路"和"海上丝绸之路"的相关历史人物中挖掘、筛选，确定了十位代表人物；其次，我们围绕着这十位代表人物，放眼国内作家，确定了十位中青年作家执笔，共同创作这套系列丛书。

我们这套书的写作，约请的都是活跃在当代中国文坛的中青年作家——

《西域使者》分册，由辽宁省文化艺术研究院作家编剧李铭执笔。他的多部小说作品获辽宁省文学奖、《鸭绿江》年度小说奖等。

《羊皮手记》分册，由"90后"作家范墩子执笔。他是陕西文学院签约作家，鲁迅文学院第32届作家高级研修班、西北大学作家班学员。

《智取真经》分册，由本名金波的若金之波执笔。他2014年起转型从事儿童文学创作，《妈妈的眼泪像河流》等四部图书获2009年度冰心儿童图书奖。

《妙笔丹青》分册，由辽宁省作家协会第十届签约作家叶雪松执笔。他是鲁迅文学院第二十届少数民族作家班学员。

《丝路女神》分册，由福建省作家协会会员慕榕执笔。他是中国寓言文学研究会会员，现供职于福建少年儿童出版社。

《丝路奇侠》作者周莲珊，儿童文学作家，图书策划人。多部作品获冰心儿童文学奖、"中日友好儿童文学奖"一等奖等。策划的图书曾荣获冰心图书奖和2012年辽宁省"五个一"工程奖等。

《楼兰楼兰》分册，由军旅作家张曙光执笔。他现任职于武警总部政治工作部《人民武警报》社。

《跨海巡洋》分册，由全国十佳教师作家陈华清执笔。她是广东省作家协会会员，中国散文学会会员，湛江市作家协会副主席。

《圣殿之路》分册，由中国作家协会会员赵华执笔。他是中国科普作家协会会员，鲁迅文学院第六届高研班学员。曾获全国优秀儿童文学奖、华语科幻星云奖、冰心儿童新作奖等多个奖项。

《盛唐诗仙》分册，由蒙古族儿童文学作家贾月珍执笔。她是鲁迅文学院第12期少数民族作家班学员，曾获第十一届索龙嘎文学奖（内蒙古自治区最高文学奖）。

确定了人物，找好了作者，要写好这个系列的书稿，创作难度依然非常之大。每一本书，每一个人物，每一个章节，每一个故事……主编、作者、编辑，来来回回，反反复复，推敲，修改，研磨，追寻创作素材，深挖历史人物背后的故事。过程中的艰辛，历历在目。

终于，丛书成稿。

无论主编、作者还是编者，我们共同的目标，就是给读者以更丰富的精神食粮，让读者通过生动优美的文字、扣人心弦的故事、启迪人心的人物，获得全新的视角，得到更加丰富的阅读体验，进而增强民族自豪感，以更饱满的热情进行我们的国家建设。

在创作过程中，每位作者都研究、阅读了大量国际、国内有关历史研究，并参考了海量的相关图书和资料。但百密一疏，即使这样，书中难免出现这样或者那样的不足或错误，恳请读者在阅读过程中，发现错误，批评指正。

主编：周莲珊，儿童文学作家，儿童图书策划人。多部作品获冰心儿童文学奖、"中日友好儿童文学奖"一等奖。策划、主编的图书曾荣获冰心图书奖和2012年辽宁省"五个一"工程奖等。出版长篇小说三十多部，童话集、儿童绘本、长篇励志版名人传记等多部。

目 录

第一章

〰

做方丈年轻德广

　　山西襄垣县有一座仙堂山，仙堂山上有一所仙堂寺。寺庙四周群峰环抱、翠树满山、石洞密布、清泉不断，是出家修行的好去处。早在一千六百多年前，当外传佛教在汉地兴盛时，这里就建造了第一所寺庙。当年的仙堂寺，虽然十分简陋，却名扬四海，因为从这里走出了一位了不起的旅行高僧——法显。在中国历史上，他是第一位有文字记载到达过印度、斯里兰卡和印度尼西亚的汉地高僧，为正统的佛法戒律在中国的完善和弘扬做出了重大贡献；他的足迹既留在陆上丝绸之路上，也留在海上丝绸之路上，在中外文化交流史上写下了光辉的一页。

　　法显的年代，正处在东晋十六国时期。那时，群雄争霸、战火连绵，朝代更替频繁，老百姓处在水深火热之中，朝不保夕。好在法显三岁时就出家到仙堂寺，由老方丈法净和众弟子一起抚养。在以善为念、宽人为怀的佛门弟子的照应下，体弱多病的小法显逐渐成人，跟着师父一起，识文断字、潜心习法、抄录经文，以佛教的宗旨指导自己的行为，严格遵守教义、教规，处处表现得循规蹈矩，受到师父和师兄们的喜爱和尊重。

一天，八十多岁的师父法净，在打坐中安然去世。他死得很平静，也很从容，依然保持着闭目合十、坐禅修炼的姿势。这时，法显已经是二十出头的年轻和尚了。有道是，恩师如父。对于法显而言，师父就如同亲父一样。他之所以三岁就入佛门，是因为他的三个哥哥都是年幼夭折，况且，他还疾病缠身，这让做父母的很是担心。佛能度众生、佛能保平安，为了不让他重蹈哥哥们的命运，父母就把他送给了法净长老。法净不仅照顾他的生活起居，也教他坐禅修炼。坐禅，意思是闭目端坐，凝志静修。它既是一种精神修行的渠道，也是一种自我医疗、自我保健的良法。在这里，法显体弱多病的身体渐渐康复了，还掌握了一定的文化知识，尤其是精通了佛教精髓，成为一个合格的僧人，这些都是俗家父母所不能给予的。从这方面来说，法净虽为师父，尤胜父母。

法显怀着极大的悲痛，和仙堂寺的新老和尚一起，做佛龛、办法会，超度灵魂，建造神位，隆重办理了法净长老的后事。

法净是仙堂寺的方丈，圆寂之后，寺庙一时没有了当家人，许多大事无人做主。在决定谁来主持寺庙时，法显怎么也想不到，大家居然一致推举他做方丈。

"阿弥陀佛，"法显施礼道，"各位长老，师兄、师弟，不行啊！按惯例，一个寺庙须由一个年长德高的人做住持，这样才能服众。我才二十几岁，人又年轻，道行也浅，不能胜任啊！"

他的话一出口，大家纷纷说开了。法显年轻不假，但论德行志向，论佛法造诣，那可是仙堂寺独一无二的和尚，不仅法净老方丈满意，就是众同事也个个心服口服。

出家较早的僧人说，法显三岁剃度出家，正式成为佛门净地的一员，从此以寺为家，是最合格的佛门弟子。每天，他在寺庙中跟着师父念经礼佛，在佛堂里听法师讲法，闲暇时就在僧房看书抄经；至于撞钟、添灯油等日常杂务，法显样样抢在师兄们的前头。八岁时，法显正式受戒。所谓受戒，就是在隆重的受戒仪式下，正式接受戒律，成为一个受戒律条款约束的僧人。法显受戒后，严格按戒律办事，一言一行不让自己出格。正因为他"模范"地遵守了戒律，处处显得谨言慎行，二十岁时，又受了具足戒。所谓受具足戒，就是受持更多的清规戒律，据说有二三百条之多。如果没有一颗虔诚的向佛心，没有一个以严律行的定力，是达不到这么高层次的。这样的佛门弟子，做方丈正是众望所归啊！

一同出家的僧人说，法显一心向佛，心无杂念，是最虔诚的出家人。例如，他十岁那年，父亲去世了，家里只有年迈多病的母亲，缺少男人支撑家业。他的叔叔找到仙堂寺，劝法显还俗。但法显却不恋俗世，他平静地对叔叔说："我年幼出家，就是为了远离尘世的干扰，一心一意学经传法，普度众生，现在要我回到乱世之中，受人世的煎熬，绝非我想要的。至于多病的母亲，我会为她老人家拜佛念经，祈求平安的。"叔叔见他年纪虽小，意志却很坚定，只好随他了。直到母亲去世后，他才回了一趟家，料理丧事，此后再也没有回去过。如此不受俗世纷扰，说明他的意志很坚定。

与法显相处密切的僧人说，法显从小就有过人的胆识，凡事能一马当先，遇到变局能从容应对，大小事情都能自己拿定主意，是方丈的不二人选。

例如，有一年，十几岁的法显和小沙弥们下田收稻，遇到一群乱民哄抢粮食。原来，在那个兵荒马乱的年代，到处都在打仗。当时，北方少数民族——羯族人石勒已经建立了后赵政权，他的侄子石虎篡夺了皇位，称为武帝。石虎为人残暴、贪图享乐，到处大兴土木，不断招兵买马，老百姓苦不堪言，社会矛盾十分尖锐，最后招致士卒叛乱。石虎死后，他的几个儿子又为争夺皇位互相残杀，大伤元气，石虎的养孙冉闵趁乱起兵，杀了石姓子孙，于公元350年自立称帝，改国号为魏，史称冉魏。这一年，法显刚好十三岁。

一个朝代的兴与亡，最终受苦受难的总是千千万万无辜百姓。冉闵立魏后，发布杀胡令，对边疆少数民族百姓痛下杀手。北方草原地区的羯胡人揭竿而起，反抗冉闵，而汉地老百姓则纷纷响应。一时间，刀兵四起、内外交困，到处都在打仗，到处都在抓壮丁、征收苛捐杂税。无以生存的老百姓被迫四处逃难，一时间，饿殍遍野、盗贼四处。这就是法显青少年时代的社会现实。

原始佛教是不允许僧人垦土掘地、种植蔬果的，他们认为这些行为会伤害生命。但在那个苦难的年代，老百姓自己尚且四处乞讨，出家的和尚们，又能从何处获取食物？被逼无奈，僧人们也开始开荒耕地，种粮种菜，自给自足。

有道是，仓廪实而知礼节。反之，人都要饿死了，哪还顾得上什么廉耻！逃荒的饥民看见一群小沙弥正在收割稻谷，心生歹念，不知是谁一声令下，便挥舞着棍棒扑了上来，打算赶走小沙弥，抢夺粮食。

小沙弥们一见来者不善，便吓得四处奔逃。只有法显没有动身，静等盗贼扑来。这种若无其事的姿态，居然镇住了那帮乌合之众。他们放下棍棒，不解地问："你怎么不走？难道你不要命了吗？"

法显施了个礼，念了声"阿弥陀佛"，从容地说道："你们不像是真正的强盗，不过就是一群挨饿的饥民。普度众生、救苦救难，正是我们出家人的本意。这粮食是我们种的，就当是救济给你们的吧。"

饥民们一听，出乎意料，一个个感动地说："到底是出家人，宽大为怀、以善为念。那就多谢小师父了！"

"只是，"法显也没有忘记传经布道，"佛祖告诫我们，一切都是因果报应。你们今天挨饿，都是因为从前没有布施，没有做善事，才落到今天的困局。如今，你们不思改过，以今日的善行弥补往日的罪孽，以求得好报，却反来抢夺别人的财物，这叫罪上加罪，恐怕将来会遭遇更大的饥荒，到那时后悔已晚矣。我真的为大家担心啊！"

说完，法显又施了个礼，转身往寺庙走去。

饥民们看着法显的背影，想着他刚才的话，不由得面无人色。他们相互打量了一眼，点点头，极不情愿地放下手里的稻谷，默默地走了。

不过，从这件事中，法显也看到了佛法的魅力，看到了弘法的希望，更坚定了自己一生弘法、事法、护法的信念，也更虔诚地信奉自己的事业。

事后，师兄、师弟们问他："你真的不怕他们杀了你？"

法显道："一切都由佛祖安排，一切都是轮回报应。有难，是逃不掉的；有福，是推不掉的。我心中只有佛，生死早已不在心中。"

这番话，让师兄、师弟们心生愧意，不由得对法显刮目相看。人们发现，法显年纪不大，但对佛法禅机却有惊人的感悟，具有超出常人的胆识，这正是一个悟道者和探求者必备的个人素质。这样的佛门弟子，他不做方丈，谁更适合做方丈呢？

看到大家说得有理有据，再推辞就显得傲慢了。法显这才点点头，说道："好吧，以后还得仰仗师兄、师弟们的支持与辅助！愿我等还像过去一样，共同护法、弘法，普度众生吧！"

第二章

≋

逢乱世弘法受阻

自从受了具足戒，法显就严格遵照戒律诸条规范自己的日常行为；做了寺庙方丈后，更是以身作则，一言一行为同事们树立表率。

除了耕种庄稼之外，和尚们的日常功课就是侍奉佛祖。白天讲佛法、礼佛事，晚上伴着青灯古佛，抄录经文，坐禅祷告。每年的"夏坐"，是他们坐禅和集中研究佛法的重要时段。在佛祖的故乡——天竺，没有夏季，只有雨季。在三个月的雨季里，和尚们不得外出，而是聚居一处习经修炼，提高道行，所以又称"夏安居"。实行"夏安居"的原因，一是因为在雨季期间，虫蚁繁殖多，外出时难免误伤这些小生灵；二是因为天气炎热，妇女们多穿薄衣短衫，外出托钵乞食难免遇见，遭世人讥嫌。"夏安居"的地点，并没有统一的规定，室内、树下、洞穴等处均可。一旦进入"夏安居"，就不得随便移身，否则就是犯戒。只有在以下情况下，才可以动身离开。一是附近发生了火灾，二是遭遇毒蛇骚扰，三是被暴雨淹没，四是发生盗抢，五是有妇女出没。

"夏安居"的生活方式传到中国后，简称为"夏坐"，佛教徒也须严格遵照这个规定。法显"夏坐"的地点，是仙堂寺附近山坡上的一个小山洞。每年的夏季，他安居在这个洞穴内，静坐修行，不远行，少饮食，一门心思地温习佛典，默诵经文，反省既往，总结得失。

在近乎严苛的修行岁月里，如果没有自律的意志力，没有慎独的自觉性，没有虔诚的事佛心，很难做到几十年如一日。虽然法显的所作所为堪称典范，但在众多的佛门弟子当中，也难免有修行欠缺的人。对于违背戒律的和尚，法显自然要进行训诫。寺里有一个年轻的和尚，叫慧道，修行不可谓不真诚，诵经传法不可谓不认真，就是在生活细节上，不那么严谨。有一次，他外出归来，违背了僧家过午不食的戒律，受到了法显的训示；还有一次，慧道生性快语，有时口无遮拦，犯了"妄语"的戒律，又遭到法显的批评。对此，慧道倒是虚心接受，诚心忏悔，但对戒律的细节却提出了质疑。

在一个闲暇的时候，慧道求见了法显，并专门谈了戒律的问题。

慧道说："师兄道行高深，对佛门戒律的理解自是独到，对戒律的遵守也是我等楷模。但我想请教的是，佛门戒律如果过于死板，而不知道变通，会不会显得不合时宜？比如，戒律中有过午不食的规定，甚至将过午的概念细化到阳光过了正午两指宽的地步，多一点都不行，这是不是过于严苛了？"

法显想了想，以自己的师父法净的语气，慢条斯理地说："我们既是出家人，自从皈依佛门那天起，就接受了佛祖的教谕，受了戒，就得遵守戒律。佛祖传下来的经律，自有博大精深的道理。只要参悟透了，一切疑惑都会化解。断不可妄加评判，葬送了已有的功德啊。"

慧道并不服气，又道："师兄的话，句句在理，但我还是想不通。佛在世时，出家人每天身披袈裟，托钵乞食，四方游走，一方面是为了不贪美味，清心寡欲，便于专心修道；一方面是借着乞食的机会，与老百姓接触，便于说法布道。但是，佛法传到中原后，僧人们逐渐违背了佛祖的遗教，不再托钵乞食，四处布道，而是开荒种地，自行解决吃穿问题，布道的机会就少了许多。就说我们仙堂寺吧，这四周不是也开辟出大片的荒地吗？这算不算违背了佛祖的教谕呢？"

"这……"法显顿了一下，"确实，但这也是不得已而为之的。"

"还有，"慧道见方丈说话迟疑了，又毕恭毕敬地讲开了，"本寺经常有游方僧人造访，师兄命我负责接待。听南方来的同道说，他们那儿并没有强行规定过午不食。遇到忙碌时间，或因故外出，耽误了午食，是可以午后再食的，并说日过五指宽才算午后。这又作何解释?"

"阿弥陀佛!"法显口诵佛号,并没有说下去。

"佛说,出家人出了家即要忘了家,忘了五欲六尘之家,忘了三界之家,忘了生死之家,忘了轮回之家,忘了烦恼之家,忘了一切束缚自己的尘埃,专注参禅悟道。可是有北方来的同道,讲述那里半路出家的人,常有回家与妻儿团聚的,并说这样的事见惯不怪。并且反问,佛法经文中,哪一条规定不能回俗家与家人团聚?"

法显打断他的话,道:"慧道,佛教传入我地三四百年,翻译和流传下来的,多是佛经教义,如《金刚经》《大悲咒》《阿弥陀佛经》等,而佛教律藏十分缺乏。律藏是佛教徒应该遵守的法规,多是口口相传,在口传的过程中,难免发生偏差,产生不同的理解,致使佛门弟子没有一个统一的、权威的戒律可依。加上战乱连年,皈依佛门的人越来越多,参差不齐,违反教规者日见,佛门混乱状况十分严重。这也正是我所忧心的事啊!"

慧道见法显终于承认了现实的不如意,心下欢喜。正要为自己辩护,法显又道:"不过,作为修行之人,严格要求自己,就须有超出常人的作为,不可随波逐流。我幼时即入寺门,秉承师父的教诲,如今只有发扬光大,不敢有一丝一毫的僭越。师父亦是秉持师祖教诲,衣钵相传。我等作为仙堂寺传人,也应秉持已故长老的遗志,将正法代代传下去才是。"

慧道见法显固执己见,不得不打住,告辞退出。

这件事过去后，法显也将其抛之脑后，带着全寺僧众，又走出寺门，投身于弘法布道、普度众生的大业中去。每到一处，就与当地百姓诚心交流，宣传佛法的好处，鼓励人们信佛供佛、多做善事、多积阴德。

然而，自从西晋"八王之乱"后，"五胡"开始乱华，中原战祸频仍。冉闵立魏后，辽东的前燕崛起，南下夺取后赵武帝石虎几个儿子的地盘，又吞并了冉闵的后魏政权，很快拥有中原大部分领土，与江南的东晋、河西关陇地区的前秦形成三国鼎立之势。前燕皇帝叫慕容儁，鲜卑族人，他兵强将广、粮草充足，立志要统一华夏。于是又招兵买马，积蓄武力，为消灭东晋和前秦做准备。他下达了扩军一百五十万的命令，规定各州县每家只能留一名成年男子，余者从军。因担心此举劳民太深，激起民变，又规定每户五男丁中抽三人从军。与此同时，又增征苛捐杂税，强占田地，封固山泽，连老百姓砍柴打水都要纳钱，极力搜刮人民的财产。老百姓为了逃避抓丁和繁重的负担，背井离乡，一路南逃。一时间，到处都是逃难的乡民。在仙堂山上，也聚集了很多无家可归的难民，个个衣不遮体，面黄肌瘦，以山洞为家，采集野果为生。他们之所以选择到这里避难，多半是因为仙堂寺里可讨得一勺半碗粥喝。

为了救助这些苦难的老百姓，法显把弘法的事暂时搁在一边，率众僧集中精力搭粥棚，埋大锅，煮粥舍粥。灾民们多是老弱病残者，个个手持破碗，每天来棚前排长队，领一碗稀粥。这个消息传出后，前来排队领粥的饥民日益增多，一口大锅已不够用，法显又命埋第二口大锅。无奈寺内留存的粮食并不充足，很快就要告罄。再过一些时日，连僧人自己都解决不了温饱，而前来领粥的人却越来越多，怎么办呢？

在这种情况下，法显动员身强力壮的难民离开仙堂寺，到别处乞讨，只留下老弱伤病者。为解决这些人的饮食，法显与众僧分别率领难民外出乞食，讨来的食物共同分享。由于兵荒马乱，无数乡村荒无人烟。为了讨得一点食物，他们去了很多村庄，说了无数好话，甚至还要走三四天的路。在这些浩浩荡荡的乞丐中间，已经分不清谁是灾民，谁是僧人了。

一天，法显乞食归来，忽闻寺内乱成一团，这让法显一头雾水，难道还有人对寺庙下手不成？直到慧道闻声迎了上来，满脸悲伤地把今天发生的事情禀明了，法显才恍然大悟。原来，寺内僧人带着难民在乞食途中，遇到了慕容儁的部队。慕容儁本人并不信佛，他的士卒便没有把僧人放在眼里。为了完成征兵任务，他们冲进难民中间，抓捕身体完好的男丁，并把带队的僧人一同抓走充数，只有慧道机智地藏在路边草丛中，才算逃过一劫。如今堂堂寺庙内，只剩下法显和慧道两位和尚了。

"阿弥陀佛，罪过罪过！"法显虽然极力稳定情绪，可还是气得手脚战栗。

"我们天天诵经弘法，普度众生，都说法力无边，现在我们连自己都保护不了。罪过啊！"他长叹一声，满脸悲怆，眼泪哗哗地淌了下来。

晚上，慧道来到一粒米未进的法显面前，提出了自己的想法："师兄，如今这里是胡人慕容儁的天下，他祸害百姓、践踏佛门，还准备横扫华夏，日后还会做出什么样的恶事，不得而知。仙堂寺已非久留之地，留在这里迟早也自身难保。我想随逃难的灾民一起去江南避避。听说那里有许多名山大寺，寺内有许多讲经说法的高僧，悟道极深，我也好去聆听大法，增益德行。"

法显听罢，含泪点头道："也好。只有多走路，才能多见闻。佛教数百年前传到汉地，已在华夏各地生根，产生了许多高僧大德。有个道安大师，道行极高，还同外籍佛教徒一道翻译校对了许多佛法经典。法显早闻其名，也有拜师求学之意，无奈道安大师行踪不明，有的说他在洛阳传经讲学，有的说他在邺城组织了弘法僧团，还有的说他去了江南的东晋定居。他的行踪没有一个准确的说法，我就是想去也找不到路啊！"

法显从经房里抽出几本书，说道："你看，我这里就有道安大师注解的《阴持入经》《道地经》和《大十二门经》，是法净长老遗留下来的。我对道安大师的注解颇为信服，只是无缘一会啊。"

接着，法显又对慧道说："慧道，你要是想出去避避，我不拦你。只是我建议你一定要找到道安大师，多聆听他的教诲。如果有一天能带回他翻译或批注的最新经书典籍，更是善莫大焉。"

"师兄，要不我们俩一同前往吧。一边打听一边寻找，不会找不到大师的。"

"法显故土难离，暂时还不能走啊！走了，我们的仙堂寺就荒芜了，就对不起佛祖，对不起已故长老！"法显动情地说。

"可是，要是官兵来骚扰……"

"一切听从佛祖安排，法显断不会为了个人安危而置寺门于不顾的。我会对付的，你放心吧！"法显打断他的话说。

"好吧，那我一人出去寻找道安大师。如果有什么收获，我定会回到仙堂寺，再跟师兄交流。师兄，你一人留在仙堂寺，一定要多加小心啊！"

"阿弥陀佛，慧道也要一路保重！"

第二天，两位仅存的仙堂寺僧人，就在寺门前含泪揖别了。

第三章

≈≈

撑残局重振寺庙

有道是，祸不单行。法显留在仙堂寺，独撑残局，本打算凭一己之力，重振寺庙，把弘法布道的大业进行下去。无奈世道艰难，大户人家都难以生存下去，无依无靠的老百姓更是饥寒交迫，要么逃难，要么落草为寇，他无法施展自己的抱负。

一天，仙堂寺内突然闯进一伙强盗，个个蓬头乱发，一脸脏黑，手持长矛、大刀和木棒。他们在寺内推箱倒柜，乱翻一气，将稍微值钱的东西收入囊中，将经书丢了一地，香炉、供品也扔得一片狼藉。看那装束，就知道是石虎的后赵残余士卒。他们刚被前燕军队追打得四散奔逃，无处落脚，成了一伙亡命之徒，以打家劫舍为生。这伙人将寺内洗劫一空后，还打算长久占住寺庙，便把法显赶出了寺门。这些兵匪把寺内仅存的一点粮食狼吞虎咽了，还把滞留在寺前的老弱病残的难民也当牛羊活蒸了吃，真是惨不忍睹。

面对这人吃人的世道，法显除了祷告和念佛，真的束手无策。他抱着一堆经书，钻进自己"夏坐"的山洞内，用手在洞壁上挖了一座佛像，继续礼佛、事佛，乞求天下太平、老百姓不再遭难。直到这些兵匪被前燕的军队击垮，逃之夭夭，法显才重新回到寺内。不过，这已是数月之后的事了。

法显收拾好凌乱的物品，将倒地的佛像重新扶正，力图恢复原样，又将寺里寺外打扫一遍。事已至此，法显并没有劫后余生的感慨，有的却是作为一名佛教徒的使命感和迫切感。他感到世事颠倒，人心不古，这都是与佛法的精神背道而驰的，弘法布道的路还很漫长。于是，他继续不停地抄写经文，依记忆将丢失的典籍重新抄录一遍；继续宣扬佛法，以自己的一颗虔诚之心，为践行救苦救难的佛教宗旨贡献一份力量。

公元360年，野心勃勃的前燕皇帝慕容儁突然病亡，由其弟弟慕容恪辅政，继续同南方的东晋展开拉锯战，直到九年后，才从东晋手里夺取了中原地区的控制权，暂时站稳了脚跟。谁知，还没有消停一年，就起了内讧。皇叔慕容垂，拥有重兵，却受到猜忌，一气之下率部投诚了关陇地区的前秦。前秦早对前燕虎视眈眈，苦于后者兵强将广，特别是忌惮于慕容垂的军事实力，不敢轻举妄动。慕容垂不战而降，这就意味着机会来了，前秦随即发兵前燕，于次年秋季，活捉了前燕小皇帝，没费多大力气，就将前燕转战数十年才获取的中原大地，收归自己名下。

这时的前秦皇帝叫苻坚，他崇尚儒学，任用贤才当宰相，使经济提升，国力增强，国内呈现出政治清明、百姓安乐的局面。国家强盛之后，苻坚就有意一统天下。消灭前燕成中原霸主后，一统天下的目标就更明确了。这时，三国鼎立的局面已被打破，只有南方的东晋是唯一的障碍，统一并非梦想。于是，一口气收复了西南的邛、筰、夜郎等小国，以及西北的凉国和东北的代国，统一了长江以北的半壁江山。

在前秦统一北方期间，中原地区进入了相对安定的状态，老百姓至少远离了战乱，作为佛教圣地的仙堂寺，经过法显多年的努力，也渐渐恢复了生机。寺庙也不只有一个光杆和尚，又相继招收了若干俗家弟子入门。房间进行了扩充、经房进一步扩大，法堂也比过去更壮观了，天王殿、大雄宝殿、观音殿、地藏殿、伽蓝殿、罗汉殿相继落成，前来法堂听法的僧众和俗众，络绎不绝。每天，寺内香烟缭绕，诵歌不断，晨钟暮鼓，定时敲响，仙堂寺比过去更有名气了。

一天，游方多年的慧道和尚，风尘仆仆地回到了仙堂寺。随着岁月的流逝，法显渐渐老了，慧道也渐渐老了，不过，他似乎比年轻时更像"出家人"了，举止不再随意，而是十分拘谨。久别重逢，两位同修好友恭敬见礼，互致问候，携手进寺，人人都有一肚子话要说。而慧道带给法显的最重要信息，莫过于见到了为法显所崇拜的道安大师了。道安大师就隐居在东晋的北方军事重镇——襄阳的檀溪寺，慧道辗转数年，好不容易才找到道安，随后又追随他多年，时常听大师讲法，佛家经典大有精进，已非昔日可比了。

这个消息让法显无比兴奋。

原来，长于法显二十余岁的道安大师，十八岁出家，虽长相丑陋，却勤奋好学，记忆惊人。他从小学习四书五经，出家后遍读佛学经文，悟道极快，体会极深，受到师父的重视和同修的好评，不仅受了具足戒，还被准许四方游学。

公元335年，道安去河南邺都，即今天的河南安阳，遇见了西域高僧佛图澄，拜在他的门下，悉心学法，大有长进。佛图澄圆寂后，道安离开邺都，替代佛图澄讲法，解答许多佛学理论上的疑难问题，赢得佛学界的敬佩，被称为佛图澄第二。后来，为躲避战乱，道安离开河南到山西濩泽，即今天的山西临汾境内居住，当时的汉地高僧竺法济、竺僧辅和竺道护等先后远道而来，和道安共同研究东汉早期曾翻译过的禅学著作《阴持入经》《道地经》和《大十二门经》，并作了注解。不久，道安又到飞龙山，与僧光等当地高僧交流心得。此后，他的足迹又在中原大地来回穿行，每到一处，一方面与名僧大师们交流，一方面宣讲佛法，广结善缘。四十五岁时，又受邀重回邺都讲经。

当时，邺都是前燕的都城，慕容儁不大信佛，对僧人十分冷淡，加上战乱不息，国家元气没有恢复，道安便又离开邺都，先去了山西的王屋女林山，后又去了河南嵩山等地交流弘法。这期间，他接到了襄阳同道的书信，邀请他南下讲学，便又离开河南，率领弟子慧远等四百多人去了襄阳，先是住进白马寺，后又创立檀溪寺，组织僧人整理从各地带来的经书。

道安学识渊博、道行深奥的佛家风范，对汉地佛教界有巨大的影响力，不断吸引了成千上万的佛学界高僧和普通僧众慕名而来。为此，东晋皇帝专门下诏书表彰道安，并命襄阳当地官府给予他王公一样的俸禄。地方官吏更是不敢怠慢，敬如上宾，有的请他去做法事，有的请他去讲佛法。当然回报也不低，有的供养食米千斗，有的送铜万斤。就连敌对国家——前秦的皇帝苻坚，也派人送来金箔倚像、金坐像、结珠弥勒像、金箔绣像、织成像各一尊，表示对道安大师的尊敬。

正因为道安名气大、财源充足，他创立的檀溪寺才不同凡响。这所宝刹建有五层高塔，僧房达四百多间，工程十分浩大。那时，襄阳的社会环境比较安定，老百姓的日子比较富足，道安便在寺内一住十几年，一方面校正佛学著书，一方面对外讲经说法。

这就是道安大师这么多年来的行踪。

听了慧道的介绍，法显喜不自禁，感叹道："道安大师东奔西走，每到一处都与名僧高士交流，宣讲佛法，探讨佛源，这才是真正的弘法呀。相比之下，我只能在这所小小仙堂寺四周结佛缘、说佛法，真是望尘莫及。"

"其实，道安大师组织的释经阁，才真叫宏大。"慧道啧啧赞叹道，"这个圈子囊括了一大批优秀的僧人，都是佛学道行极渊博的高僧，差不多三四百人。他们在道安大师的统一安排下，住在檀溪寺内各司其职。有的搜集从各地流传来的佛法经典，有的抄录口口相传的佛学著作，有的负责对不同版本的经书进行甄别和归纳，最后交由道安大师审定，经他校正拍板之后，才列入佛学典籍予以珍藏。大师还将这些审校后的典籍编成目录，便于查阅。"

说着，慧道从包裹里掏出一份由道安创制、自己抄录的《众经目录》，示给法显看。法显仔细翻阅了经目，寺内收藏的经书都按先后、来源、类别和性质等加以归类、注明，一目了然，不由得惊叹道："太中用了，太中用了。自从汉魏以来，佛学经卷传到中原已有三四百年，经书典籍数不胜数，却真伪难辨。有的以讹传讹，有的翻译版本各异，甚至还有伪书，实在杂乱无章，没有头绪。有了这个经目，我们才能承先启后，循着正轨发展。大师就是大师，他做了别人想做而做不到的大事！"

慧道打开包裹，把他带回来的一部分经书典籍悉数亮出，有《般若》《道行》《密迹》《安般》等经典，全是由道安大师批注拍板的版本，也是慧道这些年潜心抄录的个人珍藏本。法显接过这些经书，爱不释手，对道安大师更加敬佩不已。

他们从白天谈到夜深，还意犹未尽，法显忽然说道："慧道，你带回来的经典，都是无价之宝。只是，有关僧尼戒律方面的著述，仍然欠缺。戒律不全，没有统一的僧规指导僧众的日常礼仪行为，无异于给弘法路上增设了一道坎。难道道安大师就没有意识到这个问题吗？"

一句话提醒了慧道，他点头道："对了，道安大师当然很早就意识到，没有可遵行的戒律，僧人的个人行为以及僧团的集体活动就无法可依，势必造成了佛教僧团的混乱，这对于佛教的发展来说，是极为不利的。所以，大师十分着急，始终留心从翻译进来的佛典里，寻找戒律方面的内容，却收获不大。为此，大师还闹出个笑话呢。"

原来，道安大师因为《须赖经》中有"五百戒"的说法，就想找到这"五百戒"的具体内容。他求律心切，居然把一则药方当作《比丘尼戒》而保存了二十多年，后来才知道自己搞错了。他本人还经常提起这件事，并露出一脸的苦笑和无可奈何的表情。

为了解决这个问题，大师只得依据佛法精神，自行制定《僧尼轨范》，作为日常生活和集体活动的规则。他制定的僧规包括三个方面：一是关于读经讲法的礼仪规定，二是关于行礼拜的礼仪规定和食前、食后梵唱的仪式要求，三是关于每月中、月末两次定期举行的僧团说戒活动的规定。

法显耐心听取慧道的介绍，频频点头，十分兴奋。最后，他真诚地对慧道说："慧道，我跟你商量一下。你已聆听道安大师讲法多年，增益良多。我也想去襄阳，拜道安为师，研习最新译著的法典，特别是就关于僧尼戒律方面的规定，想多向他请教。要知道，戒律不全，永远是我中原佛教的一大缺憾，不早日解决不行啊！我走了，你就代理仙堂寺的方丈，处理日常事务吧。"

谁知，慧道闻言，连忙摆手说不。

第四章

〜〜

访名师远足他乡

　　慧道告诉法显，襄阳是东晋的北方重镇，稳坐长安的前秦皇帝苻坚早就虎视眈眈，梦想横扫江南。襄阳正好在两国边界上，一旦正式开战，襄阳必首当其冲。到那时，檀溪寺的道安大师是去是留，尚难料定。他建议法显缓行，静观时局，一旦战局稳定下来，再起程也不迟。

　　法显听罢，沉吟片刻，只好作罢。

　　公元379年，对峙多年的秦晋两国，再起战火。这次，前秦准备充足，兵强马壮，一举攻下了襄阳。笃信佛教的苻坚，专门下了一道旨意，不许士卒侵扰寺庙，尤其要礼待檀溪寺的僧人，对道安大师更要给予最高礼遇。道安是佛界大家，名噪大江南北，让苻坚心仪已久。他认为能俘获道安大师，是这次襄阳大捷的最大战果。前秦将领专门准备了豪华车辆，客客气气地将道安大师接到国都长安，一路上悉心侍奉，有求必应。

同行的还有檀溪寺的一些僧人，寺内的经书也装了几马车。到达长安后，符坚还亲自率领文武官员迎接道安大师，互致寒暄，礼节周到，然后恭送道安等到五重寺住锡。这一年，道安已是六十七岁的老人了。

远居山西襄垣仙堂寺的法显，并没有及时得到这个信息。直到有一天，来自襄阳檀溪寺的慧众和尚长途跋涉来到仙堂寺，他才了解了前因后果。

慧众是道安的弟子，也是慧道在襄阳修行时的同修好友，相处甚欢。当初二人别过时，慧道就盛邀慧众得便时去仙堂寺研习佛法。这次，他本可以随道安一起直接去长安，但想起了老教友慧道的邀请，便舍近求远，只身北上，不远两千余里到了仙堂寺，打算携慧道一同前往。

他的到来，不仅让慧道喜出望外，也让法显心头一亮。得知道安大师的准确信息后，法显再次萌发了拜师求法的夙愿。他对慧道说："这次，说什么我也要赴长安，亲自聆听大师的教诲，为完善佛法戒律做点有用的事。"

慧道见他去意坚定，便答应说："师兄，放心去吧！你走了，我留下来主持仙堂寺就是了！"

法显道："戒律不全，永远是我的心头之痛。我既然为此目的而去，一定不达目的决不罢休。我知道，连德高望重的道安大师对这个问题尚且头痛，凭我更是困难重重，甚至是痴人说梦。但我此念已久，必将为此付出毕生努力。以后，仙堂寺就全靠你了。"

"好吧。如今中原佛教中心已向长安转移，在道安大师周围，一定聚集了不少佛道高深的人士，此去多向他们请教，多与他们交流，定将有所收获。我在这里预祝师兄心想事成！"

在一个风和日丽的日子，法显正式离别了仙堂寺。这也是他平生第一次远离故土。他与送行的慧道和众僧一一道别，千叮咛万嘱咐。站在仙堂山上，回望生活了近半个世纪的仙堂寺，他满腔别绪，语言哽咽。他知道，这一别不知何时才能回来，因为他已经是年近半百的人了。但想起自己此行的目的，想到弘法大业上还有许多难题没有解决，一股强烈的使命感和紧迫感，又坚定了他的去意。

"阿弥陀佛！"他俯首合十，把满腹心思埋藏在心底，只念了一声佛号，扶了一下背上的包裹，义无反顾地踏上了南下长安的道路。

而慧众并没有随法显去长安，他与慧道相处不错，愿意留下来陪伴好友共同管理仙堂寺。

从襄垣到长安，大约一千里，法显晓行夜宿，跋山涉水，一路上顾不得欣赏身边的山水风光，很快就到达了长安的五重寺。壮丽的长安城，恢宏的五重寺，让法显大开眼界，也开阔了他的心胸，增加了他的信心和勇气，他暗暗发誓：一定要在这里扎根修行，修成正果。

五重寺，因有五座院子坐落其间而得名，规模并不大，却是当时长安最大的寺庙。寺内原有僧人数百人，道安率弟子住锡后，又增至一千多人。而长安周边的僧人慕道安大名，又不断涌来，五重寺便显得狭窄。幸而在前秦皇帝符坚的支持下，朝廷拨巨款扩建了五重寺，在原有建筑面积的基础上，向外扩展，又新盖了寮房、禅室、经堂，佛像也重新塑造，镀以金身。扩建后的寺庙，金碧辉煌，五光十色，又结合中国传统的建筑特点，古色古香、恢宏大气。符坚将五重寺改名为护国寺，作为皇家寺庙。竣工那天，举办了隆重的开光法会，符坚亲自来祝贺，向僧众施礼致意，并拜道安为国师，亲自赠黄色袈裟。一时间，道安大师又成了宗教红人、朝廷的股肱之臣。

护国寺开光之后，道安作为御赐方丈主持日常事务，继续从事襄阳檀溪寺时的那些工作：翻译经典，宣讲佛法。长安是当时的大都市，佛教圣地，汇集到这里的，不仅有汉地高僧，也有沿着丝绸商路东进的西域高僧和天竺高僧。护国寺的僧人，很快就达到数千人。道安因才录用，除了主持几千人的道场外，就是组织当时最优秀的僧人翻译佛学著作。这些著作，多是外籍僧人用梵文口述，然后由精通梵文的汉僧记录，再译成中文。译本出来后，由道安亲自指导，拣选佛经，并对所译经典详细校订，一一作序。在道安生活在长安的七八年内，他一共翻译佛经二十五部二十九卷，主持翻译出佛家典籍十部一百八十七卷，约百万字。这些译著不仅扩充了汉译佛教经典的数量，也让长安成为名副其实的北方佛教中心。

　　法显不懂梵文，在慕名而来的众多僧人中，他的名气还不是太大。但他虚心拜道安和其他高僧为师，认真聆听道安主讲的每一场法会。在护国寺居住时，他参与寺庙的日常杂事管理，清扫地面、更换香火、擦拭佛像，接待客人。每天晚上，就坐在青灯之下，抄录最新翻译出来的佛学著作，认真学习，默记心中。但这还不满足，他还遍访当时的高僧大德，亲身聆听他们的弘法，探讨佛法中的难题。这是僧侣修习佛典的最佳方式。很快，他的佛学造诣又有了长足的进步。

　　但是，细心的法显发现，在这些新译出的著作中，关于僧尼戒律方面的内容仍然少见，就是从高僧们的口中，也鲜有这方面的论述。这让法显忧心忡忡。

　　一天，法显终于获得了面见道安大师的机会。

　　道安大师工作繁忙，一般不会接待下层僧人。这次机会难得，法显开门见山地说明来意："大师，弟子法显聆听您的讲法不止一次，深感大师的见解和学识是一般僧众无法比拟的，受益良多。但有一方面的内容则比较缺乏，就是僧尼戒律。大师在襄阳时，曾亲自制定了《僧尼轨范》，使寺内仪式活动、日常生活有了统一的制度可循，无异于做了一件功德无量的大事。现在，这个'轨范'又在护国寺内严格推行，让人欣慰。然而，恕弟子直言，目前中原佛学界，还缺少一部原始的、权威的佛门戒律，大师对此有什么见解？"

　　道安听罢，严肃的脸一下子舒展开来，朗声笑道："法显，你对佛法戒律很是关心，据我所知，能关心这个问题的弟子并不多见，这很让人欣慰啊！其实，我何尝对此不挂在心上呢？无奈我们翻译过来的戒律版本，多是由外籍高僧口口相传而来，难免不全。不过，这件事目前已有进展。我们已经翻译了相关经典三部，一部叫《比丘大戒》，一部叫《比丘尼戒本》，一部叫《鼻奈耶律》，译稿已交到我的手上，我正在做最后校正，随后就会付印出来，发给弟子们研习。"

说完，他从一堆书稿中，抽出三部新装订的线装书，递给法显。法显粗略一看，厚厚的一摞，内容繁杂，但有条不紊。法显向道安大师请教后才知道，《比丘大戒》是由天竺来的僧人昙摩侍依记忆口诵，由中国僧人翻译出的，忙了大半年才完稿，共一百一十条；《比丘尼戒本》是中原僧人从西域带回来的，原文为梵文，条款不多，仅用半个月就翻译出来了；《鼻奈耶律》一共四卷，比较详细地说明了佛陀的制戒因缘，花了三个月时间才翻译完。

法显知道这些律藏经书的译稿尚未最后定稿，于是双手奉还，说："大师，据我所知，佛祖应有五百条戒律，即使把我们知道的所有戒律加起来，也不够五百条啊。戒律不全，将使佛法无从发扬光大啊。"

"别着急，慢慢来。佛家经典很多，还没有完整地介绍到中原来，包括戒律方面的典籍。因为来源有限，这也是没办法的事。希望我佛门有志之士共同完成这件大业，如果我死了，也希望我的弟子们继续来完成。《后汉书》里说，有志者，事竟成嘛！"道安亲切地说。

"阿弥陀佛，法显谨记大师教诲！"

告别了道安大师，法显不由得心明眼亮。因为他知道有道安这样的高僧正在完成自己想做而做不成的大事，这让他一颗悬着的心总算落地了，也让他看到了弘法的希望和未来。

第五章

≈≈

为戒律初露志向

　　法显在长安修行期间，和慧景、道整、慧应、慧嵬等同修朝夕相处，成为好友。他们每天在一起，除了听大师讲法、做寺内杂务和抄录经文外，还研习佛法、交流心得，互相促进，当然也会受邀到百姓家做法事。特别是慧景，少法显十余岁，性格却相近，道行也比较深，为人稳重，两人很谈得来，有时为了交流佛法心得，一直谈到深夜还兴犹未尽。

　　时间一晃又过去许多年。

　　这时，前秦苻坚统治下的北方地区，由于远离了战乱，开始恢复生机，人民安居乐业，社会呈现出祥和安定的景象。但苻坚并不满足于半壁江山，南方的东晋仍然是他一统天下的最大障碍，消灭东晋是他早已立下的宏愿。为此，他还专门请教过道安大师。道安劝道："陛下已拥有华夏大部分领土，老百姓刚刚尝到和平安定的生活，国力尚在发展之中，不宜再引出战祸；况且，东晋立国多年，国内太平，老百姓富足，军事上兵强马壮，对陛下早有防备。一旦开战，胜负难料。眼下最重要的是安定百姓，提升国力，弘扬佛法，保护生灵，拯救苍生啊。"

符坚料到道安会这么说，并不以为然，又询问了文武大臣的意见。大家也纷纷建言："东晋为水乡，河湖交叉，拥有水兵。而我们北方士卒，多是旱鸭子，担心水土不服啊。当年，曹操被困赤壁的教训，还历历在目。"

但符坚相信自己的实力。他在北方战无不胜，征服了周围不少小国，光西域就有二十多个国家俯首称臣，早被胜利冲昏了头脑。他觉得只有吞并了东晋，才能保证长久的国泰民安，否则，迟早反被东晋吞并。于是一意孤行，仍然发兵江南。不料南方多雨，道路泥泞，许多士兵生病，影响了战斗力。加上东晋严阵以待，重兵防守，双方在淝水展开激战，结果秦军大败，几乎全军覆没，大伤了前秦的元气。前秦从此一蹶不振，国力衰弱，一年不如一年。当初被前秦征服的那些国家，趁机生变，纷纷独立。昔日投降前秦的羌族人姚苌觉得报仇的机会来了，举兵叛乱，杀了符坚，自己当了皇帝，国号还是秦，史称后秦。

前秦既亡，受符坚庇护的护国寺，便失去了靠山，当初作为皇家寺庙的辉煌不再重现，人走房空，日益衰落。而道安大师也于七十四岁那年无疾而终。

随着前秦的灭亡和小国的独立，战火重新在北方地区点燃。后燕、西燕、后秦、西秦、南凉各国为了争夺地盘，不断混战，老百姓又重陷水深火热的苦难之中。

作为一个虔诚的佛教徒，法显目睹了这一切，深感痛惜和悲哀。他和慧景、道整、慧应、慧嵬等人一起，走出寺庙，去各地弘法，呼吁官兵爱惜生灵，祈求人民幸福安康。

一天，法显等人到了郊区一个破落的村庄。村子里除了几户完好的人家外，大多数墙倒屋塌、瓦砾遍地。他们隐隐听到有一户人家里传来老人的哭泣声，便走了过去，站在门外，低头合十，念了一串佛号，想给这户人家带来心灵的安慰。不料，一位老人走了出来，见到他们，脸色唰地变了，颤抖着双手说："你们、你们又来干什么？"

"阿弥陀佛，老施主误会了！我们闻听这里有哭声，想必是家里遭了变故。我佛慈悲，出家人以善为念，我们愿为老人家祛灾祈福。老施主可愿意听我们一席话吗？"法显一边施礼，一边诚恳地说道。

"拉倒吧，又来这一套！"老人家一听，气更不打一处来，"刚才就来了一群和尚，打着祛灾祈福的幌子，在我家胡念一气，临走把我家值钱的东西洗劫一空，衣服拿去了，粮食也抢光了，说是祈福消灾费。这哪是什么以善为念，分明就是明拿暗抢啊！"

法显一听，又念了一串佛号，否认道："我佛以普度众生为念，出家人一心一意为民祈福，断不会做这样的越轨之事！"

"难道我老人家胡说吗？这件事就发生在刚才。他们的穿衣打扮，跟你们一模一样，口口离不开'慈悲为怀'，句句离不开'阿弥陀佛'，光天化日之下，你还想袒护吗？"

"请问，他们是来自哪里的出家人？"法显问。

"他们自称是安能寺的，不信你去打听打听！"

"罪过罪过。老人家，待我们去安能寺求证一番。如果真是这么回事，我们会给你一个交代的。"

法显等人觉得这件事十分奇怪，又想到兵荒马乱的也说不定真有其事，便告别这户人家，一路打听，去了安能寺。叩开寺门，通报了名号之后，从方丈屋里走出一个胖和尚，同法显等人见了礼后，却没有让进的意思，而是拦在中间说："几位师兄，寺内寒酸，我也有要事待办。如果没有什么大事，改天再来吧。阿弥陀佛，我就不远送了，不远送了。"

法显心里明白，他是把自己当成混吃的游方和尚了，于是再次施礼道："请问师兄，我们刚才路过一个村庄，百姓控告说贵寺有一群和尚借办法事之名，入室抢劫财物，可有此事？"

胖和尚哈哈大笑，面带不悦之色道："虽然本寺僧人难免有不守规矩的，也断不会去打家劫舍。我听说最近有一伙土匪，不敢明目张胆地入室抢劫，便假冒和尚到处踩点，骗取老百姓的信任，再乘其不备，抢走财物，然后栽赃我们安能寺。这样的事不止一次发生了，我们身正不怕影子歪，早已不在乎了。"

"阿弥陀佛，罪过！罪过！"法显闻言，脸色也难看起来，"果真如此，就是造大孽了。"

"好了，几位请吧！"胖和尚又做了一个送客的手势。

法显等人走出寺门，忽然撞见几个衣冠不整的年轻和尚，各抱着衣包、粮袋和寺庙供品匆匆赶了回来。法显见他们形迹可疑，便拦住问道："阿弥陀佛，敢问几位弟子，你们身带何物？从何而来？"

年轻的和尚们见法显等人年岁不小，说话严谨，就知道道行不浅，只得放下包裹、布袋，站立一边，小心翼翼地回答道："长老，这是老百姓施舍给我们的。"

"阿弥陀佛，出家人不打诳语。老百姓舍吃舍钱，何曾施舍衣物？这些衣物也不是出家人穿的呀！听说有一伙土匪专门冒充出家人抢劫百姓财物，你们更应该行为检点，与土匪划清界限才是。"法显说。

"长老说得有理。可我们也是没有办法呀！"和尚们辩解说，"方丈长老严令我们每天要化缘多少多少东西，可是世道混乱，老百姓贫穷，光靠人家主动施舍恐怕一点也讨不到。迫不得已，我们只好采取这样的非常手段。"

"荒唐！你们这样做，跟土匪有什么区别？佛祖的教诲何在？出家人慈悲为怀的根本何在？僧家戒律何在？难道你们不怕报应吗？难道你们不怕官府缉拿你们吗？"法显再也控制不住自己的情绪。

"缉拿?"和尚们一听全笑起来,"我们方丈长老是大将军府的常客,我们的安能寺就是大将军个人兴建的,吃的是衙门供奉,每年寺内还要上交大将军份子钱,官府见了我们,躲都躲不及,谁敢缉拿我们?"

"既然吃衙门俸禄,为何还不守佛门规矩?"

"因为、因为大将军如今失势了,衙门不再供奉了。"

法显气得浑身战栗,不由自主地返回方丈屋里,就见刚才的那位胖和尚正坐在茶几旁品茶,一副悠然自得的样子。

"我说,你怎么还没有走啊?"胖和尚沉下了脸,一点好声色也没有。

法显也不搭话,径直走了进去,坐在茶几的另一边,施礼说道:"阿弥陀佛,师兄身为方丈,应是高僧大德级的和尚了。请问,贵寺是怎么约束僧人的? 遵守的是哪一套戒律?"

"戒律?"胖和尚收起不悦之色,笑眯眯地说,"本方丈出家多年,只知道吃斋念佛,还真没有见过什么佛法戒律。"

"道安大师制订的《僧尼轨范》,你总该知道吧?"

"倒是听说过。但那是约束护国寺和尚的,是供他的僧团和弟子来遵守的,我们安能寺不受他管教,怕是没有理由照办吧? 何况,道安大师已圆寂多年,他那一套早就没有人听了。"

"可是,道安大师亲自翻译校订的《比丘大戒》,可是源自佛祖之口,贵寺不会也不遵守吧?"

"哈哈,"胖和尚又朗声大笑起来,"不错,我手上是有一本这样的经书。不过，据我所知，道安大师校正的三本戒律，全是出自西域僧人之口，是通过口口相传翻译出的，光不同的版本就有好几种，只不过经道安大师取舍后才成现在的模样。到底哪是正本，哪是以讹传讹，尚不得而知。除了道安大师的僧团，中原各地这么多僧团又有几个买账呢？"

"那你纵容弟子以弘法为名，去老百姓家巧取豪夺，不会不知道是违背我佛遗教吧？"

"我说这位师兄，你大概还没有尝过挨饿的滋味吧？如今天下大乱，没有官府支援，寺庙又没有生财之道，难道你想让我们出家人都一个个饿死不成？佛门弟子也是人，也要吃饭穿衣，我们也是不得已而为之嘛。等天下太平，我们寺庙有经济来源了，自然会严格遵守教规的。"

"师兄，我也是做过方丈的，也曾经开荒种地，自给自足。贵寺多是年轻僧人，为什么不自己解决衣食呢？"法显劝诫说。

"笑话！僧人以普度众生为己任，如果沦为种地的农夫，还出家干什么？哪里还有时间弘法传道？这位师兄，我不想再听你唠叨了，请便吧！"胖和尚实在不愿意听下去了。

法显说声"阿弥陀佛"，满腔悲愤地走出安能寺，长叹一声，泪流满面。

"不像话，太不像话了！"随行的教友们也愤愤不已。

"师兄，"慧景拉了一下法显，"如今一些僧团勾结官兵，为害一方，我不止一次听说了。这些事看在眼里，伤了眼睛，听在耳里，脏了耳朵，可又有什么办法呢？在这个乱世里，我们只顾自己潜心修行吧，许多事是自己不能左右的。"

唉，生在乱世，一切都失去了法度。讲究慈悲的佛教不但没有起到慰藉百姓心灵的作用，反而践踏佛教的宗旨，给世间带来了更多的痛苦。这一切又都是因为律藏缺失、没有统一公认的戒律约束僧人们的行为造成的。长此以往，怎么得了！

"佛祖啊，你制订的五百条戒律在哪里？你的教诲为什么就是传不到东土来呢？什么时候，我们中原才有齐全的、完备的、让每一个僧人都能遵守的佛门律法呢？"

想到这里，法显灵机一动，一个重大的念头产生了……

第六章

≋

求真法心诚志坚

回到护国寺，法显跪在佛祖像前，虔诚地祷告一番。起身时，满腹心事，一脸苍老，皱纹不知不觉中爬上了额头。然后，对身边的慧景、道整、慧应、慧嵬等人说："各位同修，我刚才跟佛祖禀明了，我——弟子法显，决定西去天竺，到佛祖的家乡求取戒律真经，好给我们东土和尚带回来一系列完整的、统一的佛门轨范，不达到这个目的决不罢休！"

"啊？"几位好友一听，先是吃了一惊，然后纷纷念起佛号，表示不可思议。

谁都知道，西去天竺，万里之遥，既要经历西域荒漠的不毛之地，又要翻越葱岭，从古至今，还没有先例。虽然西汉张骞带领人马出使西域，一路向西到达过欧洲，开辟了贸易通道，从此商队驼帮穿沙漠、翻葱岭，不断从中国运送丝绸至西域各国，又从西域各地运回来珍稀产品至中原，但是都被葱岭以南的印度河所阻挡，很难到达天竺。佛教东传几百年间，时有汉地高僧想通过丝绸商路到达佛教的发源地去朝圣，也都受困于印度河，只能到西域即止。而现在，已六十二岁的花甲老人，居然要去天竺求法，真是难以想象，弄不好人未到，命先丧。传说，单是"白龙堆"的沙暴、热浪就吞噬了无数人畜的性命，那里白骨满地、鬼魂遍野。

在一片惊叹声中，还是虔诚厚道的慧景先开口了："师兄的志向，慧景非常清楚，也非常理解。不错，去天竺取法，一路艰难，自不必说。但想想我中原地区的现状，战乱不休，老百姓几无生路；更让人痛心的是，连佛门教规也各行其是，甚至一些同道也违背教旨，参与祸害百姓，践踏佛祖的名声。每天看到这样的情景，对我们秉持普度众生教义的出家人来说，真是生不如死。与其任其发展，不如冒死一去，即使命丧路上，也比逗留在这个乱世要强得多。师兄，我支持你，愿随你前往。"

慧嵬是个闲不住的年轻和尚，精力非常充沛，听了慧景的话，他连忙站起来，笑嘻嘻地说："慧景师兄说得对，我也不愿意在这里天天受气。即使到达不了天竺，一路上观观风景、考察考察西域各国的寺庙，同当地和尚交流一下心得，也不枉出家一场。没说的，算我一个！"

慧应自小因病出家，到现在还有病根在身，但他也站起来，念了一声佛号，咳嗽一声，道："阿弥陀佛，法显师兄有此志向，我们同修好友，理应一路奉陪，一个也不能少，算我一个。"

"你的身体……"法显说道。

"没事,"慧应拍了拍胸脯,"我佛保佑,我早已成了一个坚定的佛门弟子了。我心在佛门,理应为弘法献身。我保证不拖各位师兄、师弟的后腿。倘若因我而拖后腿,我必自行了断。"

道整见慧应都表了态,也慢条斯理地说:"虽然我是故土难离,但看到师兄们都去了,我岂能留下来!特别是法显师兄,年事已高,仍然有志于奔走,我再犹豫就太那个了。还有慧应师弟,有病都不怕,让人感动。没说的,也算我一个。"

看到几位好友都愿意随自己远行,法显倍感欣慰。他向各位施礼道:"阿弥陀佛,看到大家都支持我,我的志向更坚定了。不过,还是慧嵬说得对,大家就当出去参观学习,交流心得。以后不管走到哪里,要是谁不想再走了,还可以打道东归,决不强求。诸位,我打算明天就动身,你们看怎样?"

"师兄你是带头人,你说什么时候动身,就什么时候动身。"

当晚,法显就开始收拾行李包裹,准备路上所需之物,为明天的起程做准备。这时,道整走了进来,一脸严肃,不像过去那样喜欢嘻皮笑脸,他一进门就对法显说:"师兄,你知道我听到你要去天竺的消息,是什么反应吗?脖子一下子缩短了,舌头都吐出老长。我知道你早有这个志向,但我还是要最后劝你一句,你知道去天竺的路有多么难走吗?不说大荒漠了,就说那条印度河,从悬崖峭壁上凌空穿过,脚下水流湍急,怪物出没，没有几个人能渡过去的。你一个六十多岁的老人了，只要自己管好自己就行了，何必操那么多的心呢？"

"道整，如果都持你这个想法，戒律不存，佛法终会走入歧途，自毁佛门啊。我从小就投入佛家，遵循佛祖教诲，愿以苍生为念，愿以一颗慈悲之心，为拯救天下百姓竭尽全力。今天，我终于做了一个重要的决定，即使为此丧命，也是值得的！"法显依然态度坚决。

"话虽这么说，可是……道安大师的名气遐迩皆知，影响力是够大的吧！他还做过前秦国师，为弘扬佛法建立了丰功伟业。在他老人家圆寂之后，又有多少人买他的账呢？说白了，你我就是一个普通的和尚，就算取回了真经，又该如何呢？"

"这样的事，总归得有人去做。如果瞻前顾后，让时间白白流走，就什么目的也达不到。一个人只有微薄的力量，要是大家齐心协力，加起来就是巨大的力量。我心已定，断难更改。"

道整闻听，感叹了一声，也就没有再说下去。

这时，慧应也走进了寮房，跟道整打了声招呼，对法显说："师兄，我也收拾好了行李，明天什么时候动身？"

法显说："慧应，你身体不好，还是留下来吧，耐心等候我们的好消息就是了。"

"不，我就喜欢听师兄弘法，师兄修道很深，说法深入浅出，一个大字不识的人也能听得明白，不亚于师父道安大师。所以，我这辈子跟定师兄了，你走到哪里，我就跟到哪里。这几年，我一直跟着你走遍长安，哪次落下过？我是非去不可的。”慧应的态度也十分坚决。

“师兄，听说四月初八佛诞节，于阗国有个隆重的“行像”仪式，就是用彩车载着佛像游行，举国上下，从国王到普通百姓都要欢乐数日，比过节还热闹，我真想去见识见识。”慧嵬也闯了进来，人未到、声先闻，跟在他后面的是慧景。

“慧嵬，出家人说话要和气，戒大声狂语，你的脾气就是管不住自己。”法显批评道。

“嘻嘻，对不起。阿弥陀佛，罪过罪过！慧嵬记住了！”慧嵬赶紧冲佛像鞠了躬。

道整见大家都想去，不由得脸上一阵难看，就想听听慧景的意见。因为在这几个好友中间，慧景也是德高望重，地位仅次于法显。听到慧景说：“我想了想，此去天竺，即使一路顺利，也不知要经过多少年才能到达。不过不要紧，我们几个人中间，法显师兄六十二岁了，我也是近五十岁的人了，其余几位同修都比我们年龄略小。如果法显师兄坚持不下去了，还有我慧景；慧景坚持不下去了，还有他们几个兄弟。纵使还有一个人活着，也有希望把戒律带回中土来！”

法显点点头，对慧景的支持心存感激，又看了一眼道整。道整站起来道：“师兄，虽然我把困难估计得充足了一些，但求取真法，我也责无旁贷。既然大家都铁了心，我也坚决不打退堂鼓！”

接着，他们又在一起商量了许多具体事项，确定了西行的路线和一路上的应备之物。

法显等人要西去天竺取经的消息，很快传遍了护国寺。此时的护国寺，虽然失去了往日的辉煌，但还有不少僧人在这里安心修行，每天保持着正常的法事活动。大家认为取经是一件破天荒的大事，可以写进历史的，不能草率行事，应举办一次隆重的法会，为法显他们送行。

这天，寺内寺外十分热闹，早上的功课做得相当隆重，斋房准备了比过去丰盛许多的饭菜，食前众僧均洗浴更衣，焚香礼佛，诵念经文，向佛祖祷告，为取经者祈福。法显等人也一一拜告佛祖，答谢教友们的祝福，这才一起进入斋堂用膳。忙了大半天，才算了事。

用完早膳后，法显带着慧景、道整、慧嵬和慧应，正式走出了护国寺。临行前，寺庙准备了大量的干粮，有的是斋房制作，有的是教友化缘所得，分装若干袋，堆放在寺门外。慧嵬笑嘻嘻地提起两袋，背在自己肩上。一旁的道整又给他的肩膀上加了一袋，道："慧嵬年轻气壮，能者多劳如何？"

"理所应当，理所应当。"慧嵬爽快地回答。

慧应紧随其后，也背起了两袋干粮。慧景却从他肩头取下一袋，斜挂在自己肩上，又捡起另一袋，说："慧应背一袋即可，此去路长，你的气喘病还没有断根，不要过于劳心劳力啊。"

慧应还想再加一袋，却被道整抢了下来。道整说："余下四袋，由我和法显师兄包下了。走吧！"

法显微微一笑，也背上两袋干粮，再递给慧应一壶清水说："慧应，要是你于心不忍，就把水壶捎上，路上好解渴！"

"多谢师兄！"慧应单掌施了一个礼。

走出寺门不远，法显等人回头向送行的教友们合掌道别，彼此念了无数遍佛号，说了无数遍"保重"，这才正式离开了长安，跟随西去的商队，开始了漫长的求法之路。时间是公元399年的春天。

法显断后，走了一程，又回头眺望，对这个生活了十余年的修行之地，抑制不住内心的留恋。在他的人生中，这是他第二次远行了。第一次是离别仙堂寺，一别至今没有回头，当年的同事慧道，也没有送来任何消息；这次离开长安护国寺，路程更远、更艰险，前景更是一片迷茫。但坚定的意念，克制了离别的愁绪；那个远大的目标，在心目中无比神圣和崇高，能压倒一切情感。他早已把自己的生命和灵魂，交给了佛祖，交给了为之奉献一生的佛教大法，交给了毕生追求的慈善事业。出家人以天下为家，以苍生为念，没有自己的个人利益。这是他自幼出家以来，在心目中树立的理想信念。今天，他继续为实践这个信念而甘冒艰险，不惜一切代价。

起风了，清风拂在他的脸上，吹干了他脸上的泪水。他清了清嗓子，动了一下肩上的布囊，这才重新追上前方的教友。

第七章

≋

遇内乱张掖受困

法显一行五人，离开长安后，不久就进入杳无人烟的荒山野岭。如果没有往来的商队，如果没有往来商队用脚踩出的人行道，他们恐怕根本就找不到西去的路。开始，几位和尚兴致很高，尤其是几位年轻一些的和尚，不停地说着话，争辩一些佛法上的问题，从日出东山，到夕阳西下，一天的光景一晃而过。他们白天走路，夜晚露宿，或寄住当地寺庙，途中也会停下来打尖、喝水，不知不觉就过去了许多天。

一日，他们翻越了六盘山南段的陇山，进入了西秦地界，来到金城，也就是今天的兰州。扳着指头一算，他们已经走了一个多月，时令悄然进入了夏季。背上的干粮差不多用完了，身上的穿着明显厚了。他们脱下僧袍内的棉袄，仍感到白天的天气酷热难耐。山上的花开了，地上的野草疯长了，地面上、树枝上、草丛中，四处爬满了小虫子，他们的脚步也不由得慢了下来。

听当地居民说，附近的云顶山里藏着一所寺庙，法显他们马上动身前往。一看眼前的大山，古树参天、奇石林立，石壁上流泉飞歌，鸟语不断，花香袭人。这美丽的景观、清静的环境让法显一下子忆起了家乡——仙堂山，二者是何等的相似。法显率众兴致勃勃地登上山道，在林中穿梭，很快就发现了一座寺院。走近寺门，原打算进去叨扰一下，却发现这里的和尚都进入了"夏坐"时间。他们围坐一室，不言不语，静心修行。慧嵬走上前去，想叩门说话，被法显拦住了。

法显对大家说："我们也找个适当的地方，开始'夏坐'吧。饿了，再来讨口饭吃。"

同伴们彼此望了一眼，就听慧嵬说："师兄，我们可是到天竺去求法的，不是来这里'夏坐'的。道路本来就长，要是这样耽搁了，何时才能到达呢？"

道整接口道："你怕是急着想看'白龙堆'沙漠长什么样儿吧？"

慧嵬嘻嘻一笑："道整师兄说对了，彼此彼此。"

法显说道："佛门弟子，不管走到哪里，做什么事，佛祖的教义、教规都不能忘记。我们本来就是去求取戒律的，怎么还能违背教义、教规呢？"

道整一屁股坐在地上，赞成道："累死我了！我支持师兄。就算我们是为了歇歇脚，也很有必要坚持'夏坐'。毕竟我们都走这么久了，谁人不累，是不是，慧应？"

他知道最需要休息的是慧应。

气喘吁吁的慧应，冲他笑了笑，并没有回答。

法显朝山上看了一眼，见山坡上有一个简陋的草棚，便率先走了进去。草棚依山而建，树荫浓密，气候凉爽，地面上铺了一层石板，正是"夏坐"的好地方。他将行李放在一边，盘坐在中央。其余几位也依次盘坐，闭眼合十，开始入定……

"夏坐"结束后，寺庙的晨钟暮鼓又照常敲响了。这些日子，他们接受了寺庙的供养，但还没有倾心交谈过。法显进寺拜见了方丈长老，表达谢意，想再讨得一些干粮和清水，继续赶路。交谈中，方丈听说他们来自长安护国寺，师父居然是大名鼎鼎的道安大师，不由得刮目相看，连忙挽留他们在此住锡，给和尚们讲经弘法。在老方丈看来，这无异于给寺庙增光添色。法显盛情难却，再看看慧应，身体虚弱，也需要再调养一些日子，于是就答应了下来。

这一住，就是一年多。当第二年的"夏坐"结束之后，法显他们无论如何也不想再耽搁了，便告别云顶寺，继续西行。

这一年多的休整，使他们体力大增，脚步也匆匆起来。不知不觉中，来到了南凉国，也就是今天的青海西宁一带。在那里为化缘而耽搁数日后，又翻越养楼山，到达北凉王段业治下的张掖。一路颠簸，冬去春来，不知不觉中新的一年又开始了。

这时，他们发现路上行人突然变得稀少了，既没有往来的商人，也没有赶脚的平民，偶尔遇到行脚的僧人，向前打听，他们摇摇头，用难以听懂的话告诉他们，前面有关卡，不许路人通过，还劝法显等人不要再前进了。

法显想：我们就是一群过路的僧人，还会有人为难我们吗？

他们硬着头皮翻了几道山岭，就见山谷下果真设了一道关卡，两边各站着举刀端枪的士卒，虎视眈眈地盯着他们。走近了，一名军卒用刀指过来，喝道："站住！干什么的？"

法显走上前去，施了个礼，说道："我们是长安护国寺的僧人，打算经过贵地，去天竺取经。还请军爷行个方便，放我们进去。"

"不行，凉王有令，不许闲杂人等进来。否则一律当奸细论处。长老从哪里来，还是回到哪里去吧。"

"容我再求个情，我们来自中原……"

"再废话，就送你们上西天！"几名军卒不耐烦了，挥舞着长矛就要刺他们。

法显后退了几步，蹙紧了眉头，对同伴们说："看来这里是要打仗啊，不知何年何月才能解除戒严！"

道整说："不如我们再回到云顶寺去落脚，那里的方丈长老对我们热情款待，视我们为高僧大德，邀请我们长期住下。我们回去，必定亏待不了我们。"

慧嵬摇摇头："我们在那里已经待得很久了，山上的风景早已看够了，再去就索然无味了。"

慧景望了一眼周围的崇山峻岭，说道："师兄，后退不是一个法子，我们不如再等一会儿，趁夜色绕道进去，或许能绕过关卡。进入张掖城，再作打算。"

法显念了一声佛号，叹道："只好如此了。"

深夜，他们悄悄攀上了关卡旁边的小路。山路崎岖，不时有悬崖和河谷横在面前，虽然借着月色，还能看清楚山间的概貌，但他们在山上绕来绕去，却发现越绕越远，最后迷失了方向，也不知道绕到哪里去了。

山坡陡峭，他们早已爬得大汗淋漓，个个叫苦不迭，实在走不动了，只得坐在一块平地上休息、打盹。

天亮后，一阵吆喝声把他们惊醒，睁眼一看，竟是一群巡逻的军卒，将他们团团围了起来，手里的长矛对着他们，闪着寒光。

"哪里来的？"为首的长官大声喝道。

"阿弥陀佛，"法显站起来，躬身施礼，"我们是从东土长安来的出家人，准备到天竺取经。不料路上设有关卡，故此才绕道山中。请军爷们行个方便！"

"哼，你们不执行凉王的命令，偷越关卡，罪当斩首！"

"阿弥陀佛，我们实在是时间紧迫，不能耽搁，才出此下策。请各位看在佛祖的面上，放过我们吧。"法显求情道。

"把他们带走，严加拷问！"

法显等人被军卒押着，在崎岖的山间攀上滑下，叫苦不迭，走了一上午才进入张掖城，被关进一间小屋内。又饿又渴的他们，看一眼门外把守的军卒，低头祷告着，盼望佛祖能保佑他们平安脱险。

傍晚，他们又被押出牢房，送进一座豪华的大殿内。抬眼看去，正厅里居然供奉着一尊金身佛像，佛像下烛光摇曳，香烟缭绕。在佛像两边，还有八大罗汉。法显等人眼前一亮，赶紧跪拜，向佛祖祷告，祈求平安。

当他们起身时，大门外传来急促的马蹄声，在门前停下来。紧接着，一位相貌堂堂的中年男子，穿着一身戎装，手里还拎着鞭子，嚯嚯地从门外走了过来，一看就不是一般人。就听来人自我介绍道："各位，我是凉王，名叫段业，听说你们来自中原长安的护国寺，是道安大师的高徒，实在是有所冒犯。高僧们见谅啊。"

法显赶紧施礼，道："阿弥陀佛，凉王见谅，老僧法显等打扰了贵国，实不应该！"

"几位高僧放心，我段业一向信奉佛教，敬重和尚，已下令对往来僧人网开一面。请随我到寮房内休息！"

段业带领大家从侧门走出，进入旁边的休息室。茶几上已准备好了香茶和几种水果。段业吩咐法显等人落座，自己也坐在正座上，道："长老，我们封锁了周边的关卡，实在是事出有因啊。在西边，敦煌太守李暠拥兵自立，不服从我的命令，那是要造反呀，我能不收拾他吗？凉州的吕纂，他父亲吕光建立大凉，自称天王，现在吕纂继承了王位，吃了豹子胆，居然想吞并我们。眼下形势紧张，恶战难免。几位高僧光临，也算是佛祖给我们送来了福音，增添我们的胜算啊，哈哈。法显长老，一看您的年龄，就知道您的道行浅不了，请问您对我们有什么高见没有？说来听听。"

"阿弥陀佛，谢谢凉王垂爱。山家人以善为念，不想看到战乱发生，更不愿意看到百姓遭殃。凉王陛下，如果能避免战祸，休养生息，那将是一件功德无量的好事。"法显欠身说道。

"我略知你们佛门的教义，无非是爱惜生灵那一套。可是，谁愿意打仗呢？谁又愿意做那杀人一千、自损八百的买卖呢？有些事，并不是念个佛就能解决的。"段业忽地站起来，对法显的话显然听不进去，"我虽然不在佛门，但对你们主张的那一套还是非常佩服的。这样吧，你们来了，就是贵客。为了安全，你们也不要东奔西走了，就在寺内休息，等天下太平了，你们再走也不迟。寺庙会管你们吃住的。"

他朝法显施了个礼，又道："我公务太忙，不再奉陪了，告辞！"便大步走了出去。

"多谢凉王盛情！"法显等人起身恭送。

"阿弥陀佛，总算有了一个容身之地。"道整念着佛号说。

"不过，师兄，我们以后对凉王陛下说话，要学会拐点弯儿，别说那些他不爱听的话，惹他生气，这可不是闹着玩儿的呀！"慧景道。

"他要是撵我们走，正好，我们立即赶路！是不是师兄？"慧嵬嘻嘻笑道。

"既来之，则安之。"法显说，"慧应也该讨一帖药，治治气喘的毛病了。"

正说着，大云寺的方丈走了进来，念着佛号问道："哪位是法显长老？"

法显赶紧施礼道："老僧就是。"

"哈哈，你们到了这里，那可真是佛祖保佑。凉王陛下虽然尚武，但敬佛、礼佛，尊重佛门弟子。你们私闯关卡，换了别人，那一定是要杀头的。凉王陛下不仅不责怪你们，还亲自交代我们大云寺，要善待你们。从今日起，你们就住在这里，安心修行吧。"

"多谢多谢，我等真是三生有幸!"法显又施了个礼。

直到这时，法显他们才明白，这里就是大云寺，是凉王段业的私家寺庙，里面的陈设十分考究，和尚都由凉王供养。

第二天一早，他们就去佛像前焚香礼佛，然后念诵经文。刚完成一套功课，忽然从大门外走进几个和尚，也跪倒在佛祖像下，虔诚地祷告了一番，听那口音，也是从内地来的。两拨和尚走出寺门后，相互见礼，互通法号，寒暄一番。原来，这几位僧人，分别是智严、宝云、慧简、僧韶、僧景、慧达，来自中原的三所寺庙，也相约一同去天竺取经，比法显他们早到一些时日，也因战乱才被迫留了下来，耽搁至今的。法显等人闻言，喜出望外，就像见到了多年的老朋友，彼此相谈甚欢。

他们相约，等关卡开通了，就一路同行、相互照应，共同完成去天竺求法的大业。

第八章

≈≈

走敦煌太守有约

在等候"天下太平"的时间内，不知不觉中，夏季又到了。年复一年的"夏坐"，是佛门弟子的必修功课。在大云寺，在方丈的安排下，法显等五人和新结识的六名教友，又开始了长达三个月的静坐修行。修行一结束，就传来了内乱停息、关卡开通的消息。法显等人大喜过望，连称"佛祖保佑"。

十一名和尚集结在一起，商量着西行的事宜。在这些人中间，法显年龄最长，僧龄也最长，自然被新加入的教友尊称为"长老"，当然是僧团的核心人物。这天早上，在做完早课之后，他们便肩背大云寺赠送的干粮和清水，离开了张掖。他们的计划是沿河西走廊，途经酒泉，再向敦煌方向进发。

这一路还算顺利，因为所到之处都盛行佛教，沿途的地方官员和老百姓，都敬佛、礼佛，对云游四方的苦行僧也格外照顾。所以，他们不缺吃、不少喝，只要一开口，就有人热情相赠。很快，他们就到达了敦煌，计划在这里稍事休整后，继续赶路。

谁知，刚一进敦煌城，他们的行踪就被太守李暠知道了。入城以后，正盘坐在地上休息，就见远处迎面跑来一匹快马，扬起一溜尘土，直奔而来。到了他们面前，"吁！"马被拉住了。一位差人翻身下马，向他们躬身施礼道："几位高僧，可是从东土来的和尚？"

法显赶紧起身，还礼回答："正是。"

"哈哈，我们太守早就收到地方官员报告，说是有一队从汉地长安来的僧团，要去天竺取经，途经敦煌，昨天就派人在这里恭候了。各位高僧，请跟我去太守府吧。"

众僧欢欣鼓舞，连忙起身跟随。

道整兴奋地说："真是法力无边，又有热茶品了。"

慧嵬点头道："敦煌的风光，天下闻名，如果能多逗留几日，我就打前站，带大家一起赏花观景。"

但慧景却拉了一下法显，低声说道："师兄，凉王段业跟敦煌太守李暠是死对头，这次我们在张掖停留了数月，会不会引起了李暠的不满，要收拾我们呢？"

"阿弥陀佛，我们不过是一群出家的僧人，不参与争斗。听说李太守治理有方，很重视文教，谅他不至于为难我们吧。"法显平静地答道。

"那我建议师兄在没有弄清李太守意图之前，少说话，多观察，尽量投其所好再作打算。"

"好吧，我注意就是了。"

刚进太守府，十一位僧人就被专人引进客室。还没有落座，就听门外有人喊："太守大人到！"

话音刚落，就门前一暗，进来一位身着四品官服的官员，哈哈大笑，朝客人拱手施礼："欢迎，欢迎，欢迎远道而来的高僧。请坐，上茶！"

法显等人一齐还礼，恭恭敬敬地入座。

李暠朝大家扫视了一眼，最后把目光落在法显身上，道："你的年纪最大，言谈举止又如此文雅讲究，肯定是一位得道的高僧了。请问大师法号？"

"老僧法显，感谢太守大人盛情。"法显欠身说道。

"听说你们来自东土长安。长安，可是我的老祖先为官尽忠之地啊。汉朝飞将军李广，你们听说过吧？他是我的老祖先，我是他的第十六代世孙。所以，今天我把你们当作亲戚看待。你们来了，我非常高兴。如果高僧同意，今天晚上，我就请你们在这里做一场弘法法会如何？"

"弘扬佛法、布道度人，正是佛门弟子应尽之责。"

"好，就这么定了。"

李太守的爽快大度，让大家的心终于落了地。

用过午餐，法显等人被安排到房间里休息。晚上，太守府门前聚集了一批人，有官员，也有当地老白姓。大家都知道东土高僧要来弘法，都愿意来接受熏陶。就连李太守和他的同僚，也坐成一排当听众。

法显盘坐在台前的蒲团之上，看了一眼众人，娓娓讲道："佛法乃是度人之法。人生在世，有六灾七难，也有洪福齐天，这都是前生后世因果报应得来的。"

他咳嗽了一声，接着讲了一番六道轮回的道理。说众生自始至终，辗转生死于三界六道之中，如车轮一样的旋转，循环不止，流转无穷。一个人的灵魂在死后可以在另一个躯壳中转生，转生的形态取决于他生前的行为，行善者得善报，行恶者得恶报，有的可以进入天道、祖道，有的则落入兽道，沦为畜生。改变命运的方式，不是怨天尤人，而是多行善事，来世才会享受富贵。

他滔滔不绝地讲了许久，讲得皓月当空，讲得口干舌燥才打住。法会结束后，李暠高高兴兴地拉着法显的手，步入小型客厅，要与他单独交谈。

落座后，李暠打发身边的人离开，对法显说："听了大师的弘法，受益匪浅啊。虽然佛教的精髓，李某是有研究的，但大师引经据典，深入浅出，通俗易懂，连老百姓都听得点头称赞，实在难得。人们听了这一席话，就是受到天大的委屈，也不怨天、不怨地，只怪自己前世没有做善事，必将一心向善，这对维持社会安定是相当重要的，也是历朝历代官家重视佛教的原因所在。李某多谢大师费心了！"

法显还礼道："其实，对于官家而言，佛法也是相当重要的。为官者爱护苍生，多存善念，才能保证官运长久、世代富贵。如果视老百姓为蝼蚁，也必遭报应啊。"

"是啊，大师的话，李某深有体会！"

"太守大人专请我等，如果还有什么吩咐，老僧乐意从命。"

"嗯，不瞒大师，我与凉王段业势不两立，早有自立为王的打算。凭我敦煌实力，不在话下。立国之日，正是用人之时。因此，我想挽留大师，来日做我的国师，专门管理弘扬佛法之事如何？"

"阿弥陀佛，大人为难老僧了，"法显拒绝道，"我乃佛门弟子、出家之人，只知道弘法布道，普度众生，不愿看到天下大乱，百姓遭殃。请李大人以敬佛之心，敬天下百姓。"

"大师放心，我李暠治理敦煌，善待百姓，鼓励农耕，奖掖文教，那也是人所共知的。请大师留下来，监督我如何？"

"大人，"法显站起来，再次躬身施礼，"法显此次率众西行，本是去天竺求取戒律的，此志坚不可摧，还望大人成全。"

"哈哈，我不为难大师。我唯一的要求，就是希望大师能在敦煌多留几日，好让李某尽地主之谊，这总不为过吧？"

"多谢大人！敦煌是佛教圣地，圣迹颇多，我等自然要一一参拜。"

敦煌位于甘肃、青海和新疆交界处，是当年汉武帝为征服匈奴而建造的西部重镇，也是中西商路上的重要中转站，汉代时就有西域高僧到这里译经释法，佛教文化积淀较深，白云观和雷音寺是这里的重要寺庙，举世闻名的莫高石窟，就是前秦皇帝符坚派人雕凿的。连日来，法显一行在向导的引领下，逛遍了敦煌城，与当地僧人座谈，共同主持法会活动。一晃，又过去了一月有余。

正在这时，李暠太守再次来寺庙看望他们。李暠拉着法显的手，真诚地说："大师是去是留，可否再考虑一下？"

法显道："老僧去意已决，正打算禀告大人，近日起程。对大人这一个月来的盛情款待，法显铭记在心。"

李暠咂咂嘴，有点惋惜，便说："大师，此去不远有沙丘，人称鸣沙，又叫响沙、哨沙，凡是到过敦煌的人，必去观赏。你难道不想去看看吗？"

"那沙丘为什么要响？"法显问道。

"其实，那只不过是一种自然现象。因那里的沙漠多是以细沙粒组成，分量很轻，风吹震动，沙粒容易往下滑落或相互运动，并在气流中旋转，发出嗡嗡的响动，当地人又称之为鸣沙地。"

"嗯，原来如此，"法显笑道，"东汉辛氏《三秦记》云，'河西有沙角山，峰峣危峻，逾于石山，其沙粒粗色黄，有如干糒'，说的就是它吧？"

"大师的学识，让人佩服。"李暠点点头，"传说汉时，汉军和匈奴交战，大风突起，漫天黄沙，将两军人马全部埋入沙中，响声就是两军的喊杀声和战马的嘶鸣声。不过那只是传言。鸣沙山旁，有许多能工巧匠制作的沙雕和壁雕，包括佛祖沙雕，甚是逼真，那里还是应该去看看的。"

没等法显答话，慧嵬接着说道："师兄，我们好不容易到敦煌一趟，又承蒙太守大人盛情款待，我们去看看也无妨吧。"

"是啊是啊，"在张掖加入僧团的宝云、智严他们，也一起附和，"我们在张掖观光的时候，就听说过敦煌的鸣沙山，早就想去见识了。太守大人给我们提供向导，再不去就说不过去了。"

道整也想去看看，就扭头看着法显，等候他的决定。

法显想了想，摇摇头道："各位，不能再耽搁了。我们已在此逗留一月有余，倘若再耽误几天，一晃就到了'夏坐'，又得静修三个月。时间不等人啊，大家还是赶紧走吧。"

慧嵬悄悄吐了下舌头，低下了头。

但宝云、智严等人西去天竺不光是为了取经，也是为了游山观景，他们觉得错过了闻名天下的鸣沙山，实在可惜，有些不甘心，仍然坚持要去。法显只好说："这样吧，我们把人分成两拨，想看鸣沙山的为一拨，想即刻起程的为一拨。我算了算，路途顺利的话，到达乌夷国时会赶上'夏坐'，我们就相约在那里会合如何？"

"这样也好。"

商定之后，宝云等六位僧人即刻动身，前去鸣沙山观光，法显等五名僧人开始做起程的准备。

李暠见此，不由得暗自点头，对法显的志向更加钦佩了。他说："大师，一路向西要穿过荒漠，大约有一千里的路程，沙道艰难，顺利的话，至少也要走二十天。你们一行五人，每人需要四十斤水和二十斤干粮。肩扛背驮如何搬运得了？"

"我也正为此事发愁。"法显说道。

李暠立即吩咐寺庙给法显他们准备干粮和水，又对法显说："我再送你们一匹白马，它曾多次穿越过白龙堆，经验丰富，就让它给你们运载水囊、干草吧，干粮可由你们自背。没有一匹马助力，恐怕你们难以走出去啊。"

"多谢太守大人鼎力相助，多谢佛祖保佑，这真是及时雨呀，太珍贵了。"法显双手合十，真诚致谢。

李暠再次拉起法显的手，说："大师，虽然我想挽留你，但大师的去意比磐石还坚。不过，你要有个思想准备，去西天的路并不好走，多少人有去无回。离敦煌不远，就是八百里沙河，荒无人烟，不但有恶鬼食人，还有热风吹人致昏。据从那里回来的人讲，明明看见远处有水草，人畜却仍活活渴死。你此去可要多加小心，如果实在不能前行，就回敦煌来吧，我还等着和你一起共谋大事呢！"

"阿弥陀佛，多谢太守的一再挽留！"法显也推心置腹地说，"大人，我在家乡仙堂寺时就立志为完善佛法戒律做点事；在长安护国寺时，又立下宏愿，不到天竺求得戒律真法决不罢休。虽然这一去路途坎坷，但有佛祖保佑，有李大人这样的父母官支持，我并不担心什么。希望我回来时，能再和大人欢聚一堂!"

"好，好，非常期待，一言为定!"李暠点点头，真诚地祝愿法显一路平安。

第九章

≈≈

穿"流沙"沙城挡道

　　所谓八百里流沙，就是指今天的白龙堆沙漠。古代通往西域的丝绸商道，分北道、中道和南道三条线路，白龙堆属于南道。据考证，它是第四纪湖积层抬升形成的砾质土丘地貌，由于水蚀和风蚀作用，形成东北至西南走向的长条状沙丘群，绵亘数百里，一直向西南延伸到罗布泊。由于白龙堆的沙土以砂砾、石膏泥和盐碱构成，颜色呈灰白色，有阳光时还会反射出点点银光，如鳞片一般，被人称为"白龙"。从远处望去，白龙堆就像一群群在沙海中游弋的白龙，白色的脊背在波浪中时隐时现，首尾相衔，无边无际，气势奇伟。从东往西的古丝绸商道，进入罗布泊时就穿过白龙堆，在海上商道开通之前，这里是与西方商贾往来的必由之路，一直到唐朝仍有商队从这里经过。

　　法显一行五人，牵着那匹高大的白马，满载着羊皮水囊，离开了敦煌城，不久就进入了白龙堆沙漠。抬眼一看，荒漠广袤无边，白沙遍地，与蓝天相交。蓝天少有白云，地上不见绿地，天地之间死气沉沉，如入死亡之地。走了一个时辰后，身前身后，视野中全是荒漠，就像置身于茫茫沙海，他们就像这片死亡之海上漂泊的几只蝼蚁，时刻面临着被吞没的危险。

他们趁着早上的凉爽，凭着一股冲劲，加紧赶路。感谢前人为他们踩出的一条通往西域的商路！无数商帮驼队的足迹，不停地踏过这片"流沙"，长年累月，才形成一条通道。然而，由于这里的沙漠会"流动"，一次次地掩埋了前人的足迹，这条商路并没有留下明显的痕迹。如果商帮驼队不是凭经验、凭熟悉的环境标志，他们是找不到这条路的。而从来没有走过这条路的人，也不会轻易上路的。

走着走着，不知是谁念了一声佛号："阿弥陀佛！"

大家抬眼看去，就在他们脚下不远的沙漠上，半露着几具白骨。大家赶紧朝白骨行合十礼，口中念叨一番，继续赶路。

很快，又有一具白骨出现在白沙上，而且是被人为地钉立在沙面上的。

"这又是一位勇敢的人，不幸命丧荒漠，愿他的灵魂已经超度。"法显说，"临行前，李太守曾对我们说过，在西域商道开通后的几百年间，不知有多少人命丧流沙。这些人都是勇敢的探险者，他们明知有危险，还是义无反顾地向前走，有的在途中渴死，有的在路上饿死，更多的是因为迷失了方向而活活困死、累死，所以就有了'饿鬼食人'的传言。他建议我们，如果在沙漠中迷失了方向，就顺着留在沙漠上的白骨走，就不会错。因为很多白骨是被人们用作路标插入沙中的。我刚才还担心会不会偏离了正道。看来，佛祖保佑，让白骨提醒了我们，多谢佛祖的指引啊！阿弥陀佛！"

大家都没有顾上说话。因为太阳已经升起老高了，阳光烤在沙漠上，瞬间把寒沙烤成了热沙，继而烤成了烫沙，他们明显感到气温大幅提升了，就像掉进了一座大烤炉里，个个脸上冒出了豆大的汗珠。并且，在行进中，双脚不停地陷入沙中，鞋窝里早已灌进了沙粒，影响了速度，每走一步，他们都要付出很大的气力，再也没有力气说话了。

走到太阳当头，他们实在是热得受不了了，才停下来休息。沙漠上到处都是火热的阳光，白色的光芒又被沙面反射上来，想找一块背阴的地方，那简直是痴心妄想。他们只得停在沙路边，用双手刨开一层滚烫的白沙，继续往下挖，一直刨出一个能容纳数人的大坑，一齐跳下去，打开随身携带的雨布苫在大坑上面，遮住太阳。大家盘坐在沙坑内休息，吃干粮、喝清水。到了下午，有人轻轻扒开苫布，抬头看一眼蓝天，希望从远处会飘来一朵白云，为他们遮挡阳光。然而，这个想法实在是奢望了，不得不继续蹲在坑内。直到傍晚，气温降了下来，他们才钻出沙坑，又重新上路。

经过第一天的行进，他们就掌握了一些经验：早晚天气凉爽时再出行，正午酷热和晚间天暗时，停下来休息最好。

　　第二天天刚微明，他们又出发了。随着太阳的升起和阳光的照射，沙漠又蒸出热浪，一阵阵朝他们袭来，在他们身边翻滚，总也散不开，把他们的脸烘烤得更加干燥和枯黑了。这又是一个酷热难耐的天气，他们喘着大气，默默祈求佛祖保佑自己免遭热浪的困扰。

　　正准备停下来休息时，天空突然出现了一道白光，横冲过来。开始，他们以为是天上起了白云，都奇怪地注视着。岂知，这是沙暴来临的前奏，那道白光其实就是沙粒对阳光的反射形成的。很快，他们就听见了风声，又以为起风了，还暗中欢喜，因为风能驱赶热流，能吹散身上的热气，吹干脸上的汗水。但很快就知道自己想错了。沙漠上的风，依然是火热的，这在意料之中，但糟糕的是，风裹着滚烫的轻沙漫天飞舞，向四周漫延开来，吹打在他们身上，迷住了他们的双眼。烫沙吹到他们脸上，又起了水泡，赶紧用手捂脸，烫沙又烫在手背上，掉进脖子里。

　　天骤然暗了。大风吼叫起来，瞬间变成了狂风，呜呜地响起，卷起遮天蔽日的白沙朝他们扑来，就像无数的天兵天将呐喊着冲杀而来。富有经验的白马发出沙哑的嘶鸣声。他们这才意识到，袭击他们的是一场可怕的风暴，个个吓得手忙脚乱。幸亏法显在敦煌时听人讲过如何躲避沙漠风暴的方法，他一声令下，大家赶紧聚拢在一起，抱住脑袋，闭上眼睛，头顶头蹲在沙地上。

沙风旋转着，沙粒像暴雨一样吹打在他们身上，发出沙沙的响声。随着一声接一声的风吼，更猛烈的风暴随后赶到，毫不留情地把他们掀翻在地，带着他们向前翻滚，大有翻江倒海之势。他们根本就控制不了自己的身体，就像一片叶子似的随风起舞，被憋得喘不过气来，连叫喊声也发不出来了。大家只顾得自己保命，根本看不清其他人在哪里。

也不知过了多久，风暴才远离而去，世界变得静悄悄的，沙漠上一片狼藉。他们睁开眼睛，抖掉身上的沙子，清理掉嘴里和鼻腔内的沙尘，东张西望，寻找着自己的同伴。这才发现大家已被风暴吹得七零八落，个个身上铺了一层沙粒，幸好干粮袋还系在身上。他们大声喊着，总算都有了回应。于是又聚拢到一起，去寻找白马。白马还在原地趴着，被沙堆埋了起来，露出高昂的脑袋，背上的水囊和草袋却不知哪里去了。五个人朝风暴离去的方向，呈扇面向前搜索，跑了很远的路，总算从沙子里扒出了这些"生命之源"，却还是有一只水囊怎么也找不着了。

趁着傍晚的凉爽，他们牵着白马又走了一程。在辨不清方向的时候，才停下来休息。虽然一路艰辛，但早晚的功课还是必不可少的：盘坐在沙地上，双手合十，面向佛祖的方向，参禅打坐，念诵经文。早上和中午，一天两次用餐，啃几口干粮，饮一杯清水。现在，由于水囊丢了一只，他们更不敢多用水了。

接下来，前面的路更加崎岖，平展的白沙滩上，忽然出现了鱼鳞状和波浪状的沙面，有的地方出现大大小小的沙坑，有的地方耸起奇形怪状的沙丘，有的地方耸出一道道高高的绝壁。绝壁首尾相接，白色的脊背在波浪中时隐时现，这才是真正的"白龙堆"啊！复杂的地貌影响着他们行走的路线。再也找不到白骨路标了，只能根据太阳东升西落的规律辨认方向。他们绕过沙坑，沿着沙丘下面一路向西，一边努力校正着自己的方位，一边不停地迈着脚步。在他们的心目中，一切听天由命，听佛祖的安排，只要自己不停地走就是了。

　　也不知走了多少天，他们又被眼前一道又高又陡的沙丘挡住了去路。沙丘南北走向，两边一眼望不到尽头。他们停住了，仰望着沙丘，愣了半天神儿，开始研究该怎样走，才能翻越这道"沙城"。

　　"是不是我们走错了？"有人提出了疑问。

　　法显摇摇头："我们是一路向西的，方向是没有错的。"

　　"那翻越这道墙的路在哪里？"

　　"如果这是商帮驼队走过的路，肯定会有一条通路，只是我们还没有发现而已。"

　　"那我们应该怎样找到这条路呢？"

　　法显想了想，说道："大家可以想象一下，前人经过此地时，会选择哪一段路翻过去？"

　　"当然是最矮、最容易过的地段喽。"

　　"那我们就寻找这个又矮又容易过的地段吧。"

他们商量之后，决定先向南走。走了大约两三里路程，终于发现了一道矮墙。矮墙虽然也很陡峭，但已形成了一道深深的凹痕，凹面比较宽阔，坡度也较缓，很像曾经被许多人翻越过。

"我们就从这里翻上去吧。"法显拍板道。

年轻的僧人，慧嵬、道整等攀缘在前头，余者跟在后面，法显牵着白马断后。爬一道缓坡，本不是什么难题，但这里沙层太深，不仅人的双手很难抓牢，就是双脚也很难蹬住。刚往上爬行了几步，哗啦一下就随着白沙的滚落而滑下来。

第一次攀登失败后，他们总结了经验，放慢了脚步，每走一步，先让自己双脚蹬牢，为此，不得不把脚插进更深的沙子里；待脚蹬稳后，双手才向上伸去，往沙子里抓，直到能稳住身体，才开始抽出双脚，往上移动一点。如此爬行，比蜗牛还慢，用了整整半天时间，才爬上这仅有一百米高的沙坡。

法显站在壁下，看着大家陆续登上坡顶了，这才把白马背上的水囊和草袋，重新捆扎了一下，绳子紧紧地勒在马背上。他牵着白马，如法炮制，向沙顶上爬去。可是，身后的白马却走得没有那么顺溜。它不会像人一样，双脚交换着向上爬，而是蹬住后腿，前腿向上跳跃。还没有跳过第三下，沉重的身体就整个滑了下去，绳子也从法显手中脱落。它不甘心，再次向上跳跃，不料刚爬上几步，身子突然侧翻，又要往下滑落。它赶紧脚刨腿蹬，猛然把身体调整过来，这一折腾，身上的水囊被压扁了，哗哗地流着水，整匹马也再次滑到了坡底。

法显好不容易爬到了沙顶上，看到大家都在摇头叹息。原来，白马依然还趴在沙壁下，一动不动，身上的水囊也破了不少，法显不由得念了声"阿弥陀佛"，暗暗叫苦。

"前路漫漫，没有水是不行的。看来白马是不中用了，我们还得下去一趟，将完好的水囊带上来，至于白马，就由它去吧。"

说完，法显双手合十，低头祷告了一番。

道整、慧嵬、慧景等人放下背袋，正要下去取水囊，就在这时，只见白马长鸣一声，霍然跳起，一个跃步就跳上一丈多远，四个蹄子深深地嵌进沙子中，身体只是稍稍往下滑了一下。它趴在沙坡上，就像一只壁虎一动不动。片刻之后，又听它猛然喷了下响鼻，再次一跃而起，向上冲出一丈多远，为了制止身体向下滑落，它又紧紧地贴在沙子上，四条腿，包括肚皮差不多全部陷进沙子里。紧接着，它继续往上跳跃，每前进一步，就向下滑半步，反反复复，终于到达沙顶上。再看看它，鼻子上热气腾腾的，张大嘴巴喘着粗气，趴在地上已不能动弹了。法显蹲了下去，轻轻地抚摸着它，感动地说："阿弥陀佛，白马真是好样的！"

众人也蹲下来，察看白马身上的水囊，只有三袋完好，其他的水囊，水已漏掉了一大半。大家七手八脚地整理破裂的羊皮袋和草袋，将水囊缝好，还给白马喂了几杯清水和几口草料。

终于，白马又站了起来。

第十章

〰

忍干渴白马丧生

　　他们滑下沙城，继续往前赶路。

　　总是冲在前头的慧嵬，忽然发现了什么，合了一下掌，回头对大家说："瞧，这里又有白骨！"

　　很久没有见到白骨了，人们赶紧围了上去。法显仔细看了看，又蹲下去，刨开沙子说："这副骨架很大，应该是骆驼或者马的遗骨。李暠李大人对我提起过，许多商队在沙漠途中又饥又渴，不得不宰杀随行的畜生为食；也有畜生是被人抛弃、活活饿死的。不管怎么说，有了白骨，就说明我们的路没有走错。"

　　法显的话，让教友们的心落了地，一双腿似乎更有劲儿了。

　　走了一会儿，忽听身后有人呻吟了一声。大家回头一看，是慧应被沙子绊了一下，摔坐在地上，正双手合十，不停地祷告。

慧应一直是这个小僧团的大病号。虽然在敦煌得到了调整，但沙漠上的恶劣气候，让他的气喘病加重了。尽管他的干粮交给了白马，但还是掉在队伍的后面。大家除了关心，也无能为力。他也总对教友们说："没关系，我能走。"爬上沙丘后，他的体力几乎耗尽，实在是坚持不下去，稍微有点磕碰，就会跌倒在地。

"阿弥陀佛，慧应给各位拖后腿了！"慧应不好意思地说。

"来，我们把慧应扶到马背上吧。"法显吩咐说。

大家扶起慧应，把他抬到马背上，又继续赶路。

经过多天的行程，他们已有了对付酷热和风暴的经验。现在最让人担心的是饮水。当初带来的水，是按日程预备的，现在已损失了好几袋水，大家都自觉地减少了自己的饮水量，从一次一杯水，减少到半杯水。

然而，再怎么节省，水还是被提前用尽了。而前方的路，依然没有尽头。在茫茫的沙漠上，除了一望无际的沙粒，什么也找不到。白天，他们还得忍受着阳光和烫沙的双重蒸烤，从他们身上流出来的，不再是汗，而是油了。晚上，虽然气温下降了一些，但干渴的滋味，使他们整夜难眠。他们不得不想办法采集水。白天，就在向阳低洼的地方刨一个上宽下尖的沙坑，在坑底部放一个饭钵，坑上面铺一层雨布。在阳光的照射下，沙子里的湿气蒸发出来，在雨布底下凝结成水珠，滴落到饭钵里。但沙漠下的湿气并不大，得到的淡水也很少。晚上，他们又把雨布摊开，接点露珠。可是，清早起来一看，留在雨布上的，不过是一层湿气而已。他们趴在雨布上，舔一下上面的水珠，只能滋润一下干渴的喉咙。

因为嗓子干得冒烟，他们没法儿再吃干粮了，一块干粑被啃得嘎嘣响，满嘴全是干硬的碎末，却咽不下去。白马闻了闻干草，嚼了嚼，也是难以下咽，最终从嘴角漏了出去。不过，只要还有一口气，他们就不会停下来，还是继续前进，但脚步却明显慢下来。就这样勉强走了两天，人人都差不多虚脱成一条干尸了。

最先倒下的，是那匹白马。一天早上，大家好不容易起身，舔了一下露珠，准备赶路，而白马却再也没有站起来。它趴在沙滩上，脑袋歪着，没有呼吸，却还依然半睁着眼睛，看着眼前的沙漠。

"阿弥陀佛，白马一路辛苦，立下了汗马功劳。愿你的灵魂早日超脱，转世为人，落生在一个富贵人家吧！"法显盘坐在地，疲惫地念了一番经文，拍了拍它的肚子，站了起来。

"阿弥陀佛！"其他几位教友也沙哑地念了一声佛号。

"我们已经无力掩埋你了，就把你的皮囊留在这里吧。"法显说。

大家把马背上的空水囊解开，挂在自己肩上。走了几步，又回头望了一眼慧应。慧应还站在白马的身后，虔诚地念诵经文，好半天才擦了一把脸，默默跟在大家的身后。这几天，是白马一直在驮着他走路。所以，他对白马更加怀有感恩之心。

就这样一声不响地走着，没有人愿意说一句话。因为人人心里都干渴得难受，眼看太阳就要出来了，是不是能闯过新一天的蒸烤，谁也没有信心。

走了一个时辰后，他们忽然发现，东方的太阳居然没有出现，天空上不知何时涌现出一层黑云，气温比往日凉爽了许多。从远处吹来的风，也是凉丝丝的，沁人心脾。这突然的变化，就如同到了另一个世界。

他们仰望着天空，迎接着从天而降的风。风越来越大，天上的云彩也越聚越厚，沉重得就像要掉下来。

"阿弥陀佛，要下雨了。"不知是谁喊了一声。

话音刚落，一道闪电从头顶上掠过，接着一场大雨便倾盆而下，哗啦啦地淋在人们身上，真是畅快淋漓。大家赶紧念佛，感谢佛祖的保佑，并把各自的雨布掏出来，披在自己的身上。

"大家赶紧收集雨水。"法显苍老的声音在雨中响起。

就见他跪在地上，用手刨出一个大沙坑，把雨布铺在坑上，不一会儿就收集了一摊雨水。大家纷纷照着样子做，然后仰着脸，让雨水直接灌进自己的嘴里，痛痛快快地喝了一肚子，还淋了一个澡。连日来的劳累和饥渴，瞬间被一场大雨冲洗得干干净净。

只是沙漠上的雨，来得快，去得也急。没过多久，就云开雾散，雨过天晴，不受欢迎的太阳重新露出了大圆盘，喷出炽热的光焰，就像是在说："乌云怎能遮得住太阳，你们别高兴得太早啊！"

大家收起兴奋的心，把接到的雨水灌进羊皮水囊里，五只水囊刚刚装进一半，他们又把衣服脱下来，拧一点水出来，滴进皮囊里。然后每人背一只皮囊和半袋干粮，趁着凉爽赶路。一直走到太阳当头，才停下来，跳进一个大沙坑内休息，吃干粮，喝雨水。

当雨水喝净之后，他们又度过了几个断水的日子。干渴的滋味重新回来，口腔生烟，呼吸急促，没有力气。看看天，天不理睬；看看地，地不搭腔，真是上天无路、入地无门啊。就在绝望的时候，在阳光之下，在视野所及之处，突然出现了一座大山，山上有森林，山下有房屋，房屋门前有人影晃动。

"你们看！"不知是谁最先喊了一嗓子。

"阿弥陀佛，我们终于走出荒漠了！"

大家从瞬间的诧异变成了满脸的喜悦。一股巨大的力量注入全身，不约而同地狂奔起来。谁都知道，有山的地方就有水，有村庄的地方就有吃的啊。

可是，跑着跑着，大山、森林和村庄突然不见了，消失得无影无踪，眼前仍是一片广袤的沙漠。

这是怎么回事呢？几位僧人惊呆了！

　　他们当然不知道这个沙漠里的人间仙境，其实就是一种幻景——海市蜃楼，只把它当作佛祖的安慰和指引，是佛祖在暗示他们：坚持吧，马上就到了沙漠的尽头，企盼已久的人间美景在等着你们！

　　"阿弥陀佛，谢谢佛祖的暗示！"在法显的带头下，他们一一谢过了佛祖，又继续赶路。

　　三天后的早上，他们正盘坐在沙地上，闭目诵经做早课。忽然头顶上传来了一阵"哇哇"的叫声。在沙漠上行走了二十多天，还是第一次听到鸟的鸣叫声。不过，他们依然保持着念经的姿势，像一尊尊木雕一样，不为所动。这是一个出家人应有的定力，也是全神贯注的体现。为了能长久地保持这个定力，他们早就练足了功夫。

　　这种入定的姿势，让天上那群秃鹫产生了错觉。它们锐利的眼光，早已发现了和尚们的存在；而发达的嗅觉让它们从那久未洗澡而微微发臭的身上，闻出了美餐的味道；而一动不动的姿态，又让它们误以为这是一堆堆裸露的腐肉。看来，它们盘踞在沙漠上，没少见过这样的美餐，时常满载而归。它们异常兴奋，互相打着招呼，欢叫着俯冲过来。一只行动最快的秃鹫，最先落到年轻的慧嵬头上，张开利喙就朝他的脸上啄去。慧嵬早就听见了鹰的声音，只是假装不知道。他微张着眼睛，见秃鹫的长喙伸了过来，再也沉不住气了，手疾眼快，一把揪住了秃鹫的脖子。与此同时，道整也揪住了另一只秃鹫的脖子。他们都打算把不怀好意的秃鹫的脖子拧断。

就在这时，法显睁开了双眼，禁止道："住手，不要伤害生灵。"

"师兄，我们破个例吧，正好给我们解渴、解饿。"

"胡说，"法显闭上了眼睛，"它们也是为了活命，不要难为它们啦。"

慧嵬和道整只得松手，两只秃鹫死里逃生，哀叫一声落荒而逃，而那几只落在法显、慧景和慧应身上的秃鹰，吓得早就逃之夭夭了。

"师兄，你要是不阻挡，我们这会儿就能喝上秃鹰的血了。"道整抱怨说。

"罪过罪过。佛祖以身饲虎，毫不吝惜自己的肉身，我们更应该谨遵佛祖教诲，爱护天下生灵才是。就算是舍几口肉，也没什么大不了的。与普度众生相比，我们的肉体凡胎又算得了什么。"

"对了，"慧景忽然想起了什么，站起来道，"师兄，各位师弟，这是好事啊！有鹰的地方，必定有水呀。鹰也是动物，它们不会离水源太远，否则也会渴死的呀。"

"没错！没错！"大家茅塞顿开，纷纷说道。

"那你们看一看，秃鹰是往哪个方向飞走的？"

慧嵬和道整同时往正前方一指："就是那个方向！"

"那我们快往那个方向走。"

　　他们不顾饥渴，大步朝前迈去。走了一程又一程，脚步不由得慢了下来。不仅是因为累了，也是因为心里没有底儿，难道我们想错了？可是，眼下还有比找水更紧迫的事吗？又坚持走了一程，他们终于惊喜地发现，沙地上出现了小动物的影子，高脚蚂蚁满地爬，小蜥蜴一见人影惊慌逃窜，天上也有不知名的鸟儿匆匆飞过。这让他们精神大振，脚步便又加快了。很快，他们的眼前出现了一片树林的影子，走近了，是胡杨林，一种既耐旱又耐寒的植物。这胡杨林就是一道无声的召唤，他们连欢喜的力气都没有了，只顾往前走去、走去。穿越胡杨林，他们就看到了绿色的草地和不知名的蒿草，还有一片芦苇林。

　　"水！水！"

　　他们终于闻到了水的味道，那么香甜，那么滋润，干燥的嗓子似乎已有润滑过的感觉。他们大步奔了过去，法显回过头来，扶了一下掉在后面的慧应和慧景，落在最后。大家全都扑倒在水池旁边，拨开芦苇，撩起清水，尽情地畅饮着。

第十一章

≈≈

遭冷落苻公相助

喝足了水之后，他们又坐在池边，啃起了干粮。抬头往四处打量，居然还发现了村庄和牲口，而这次绝不是什么幻景。

他们还不知道，自己已踏入塔里木河流域，正行走在盆地的边缘。这周边不仅有楼兰城，还有罗布泊。稍事休息后，他们就起身了，沿着塔里木河河谷向西穿行，沿途还向居民们乞讨热粥喝。几天后，他们就到达了鄯善国，即今天的新疆鄯善县。

这里的居民原本居住在离罗布泊不远的楼兰古城，世代饮罗布泊的水。后来，罗布泊逐渐干涸，他们才不得不迁移到这个地势崎岖、土壤贫瘠的地区居住。不过，鄯善国人口虽然不多，佛教却相当盛行，包括国王在内的佛教徒就达四千多人，而且还懂得天竺文字，用天竺语言念诵经文。只是他们信奉的是小乘教法，而汉地来的僧人，多信奉的是大乘教法。大乘和小乘，是佛门信徒因为对佛法理解有异而分化出来的不同宗派，大乘教法倡导普度众生，小乘教法则注重个人解脱。

鄯善城内的建筑物虽然并不高大，却有不少高级寺庙，寺庙门前无一例外地高耸着一座木塔。而当地俗人所穿的衣服，与汉地类似，只是用毛或麻织成。街面上，买卖非常繁荣，不仅叫卖当地的农产品，也贩卖从东方流入的丝绸和从西方运来的地毯。

法显他们兴致勃勃地走在大街上，向路人打听这个国家的最大寺庙在哪里，然后叩开了寺庙的大门。方丈出来跟法显见了礼，互通了法号。听说法显来自汉地，方丈犹豫了一下，说道："不好意思，真的不好意思，按照我们的习俗，一般不会接待汉地的僧人！否则，会受到指责的呀！"

"阿弥陀佛，我知道你们信奉的教法与我们的略有不同，但你们的导师、我们的佛祖还是释迦牟尼佛陀吧？既然对佛法的认识有所不同，我们何尝不能坐下来，交流各自的心得和看法呢？假如有一天师兄去东土朝佛，我们东土的僧人个个都会欢迎的。"

法显的一席话，一下子打动了方丈，他只得微微一笑，还礼道："师兄说得我哑口无言呀，其实我的想法跟你是一样的，那么有请吧！"

这所寺庙真是宽大雄伟，主殿、配殿齐全，各路神像应有尽有，法事场所和生活设施也比较完备。法显等人入住寺内的僧房，同这里的僧人交流佛法心得，各抒己见，虽有交锋，但不至于撕破脸。法显最感兴趣的，还是寺庙内的戒律经书。征得同意，他爬上了藏经阁，费了不少时日，翻阅了佛法经典，却没有找到自己想要的东西。不过，他也发现，这里不管是僧人，还是俗众，都奉行天竺的生活习俗与法律，僧人还以天竺的梵文为专用语言。这使他感慨佛法的法力无边，对佛祖的故乡更加神往了。在他的提议下，几位教友拜这里的同行为师，学习了不少简单的梵文，还能用梵语与当地僧人进行基本的交流。

一个多月不知不觉过去了，眼看大家都休整得差不多了，法显这才告别了方丈和新结识的教友，带着同伴继续西行。走了十五天，到达乌夷国。乌夷国，也叫焉耆国，就是今天的新疆焉耆县。这里虽然气候寒冷，但土地肥沃，能收获粟、麦等多种粮食作物，还盛产良马，是个富饶之地。但这个国家的佛教徒也信奉小乘教法，有教徒数千人，寺庙遍布各地，却不愿接待外地和尚。法显走遍了寺庙，真诚求助，他们仍然婉言拒绝，既不提供饮食，也不提供住宿。

得不到接济，法显等人只得露宿街头，四处化缘。白天酷热，他们坐在树下乘凉；晚上寒冷，他们就坐在寺庙外面的屋檐下，以干草为被。从乌夷国往西，要穿过一片更广阔的沙漠，叫塔克拉玛干沙漠，没有粮米和川资，那是寸步难行。眼下，连生存都解决不了，那些东西又从何而来呢？连日来，法显皱紧了眉头，少言寡语，连随行的伙伴也个个心急如焚。

一天，他们沿街乞食时，遇见了从张掖分手的那六位教友：智严、宝云、慧简、僧韶、僧景、慧达。原来，就在法显他们离开张掖不久，李暠立国，史称西凉。独立后，李暠派使者出使西域，智严、宝云等人就是同这些使者一起穿越白龙堆沙漠的，少走了不少弯路。到了鄯善国，他们才和使者分开。在乌夷国，他们同样遭遇了冷遇，不得不乞食。就这样，两拨僧人在乞食的路上又不期而遇了。

故人重逢，欣喜只是短暂的，很快他们又为眼前所面临的困境而忧心忡忡。他们盘坐在一棵大树下，商量着对策，一时也拿不出什么办法来。

这时，智严突然想起一件事，说道："法显长老，我在鄯善国乞食时，当地人告诉我，此地往东北走，有一个高昌国，居民主要是汉魏屯戍军民的后代和逃避战乱的内地移民，以汉族为主，信奉的是大乘教法，对汉地来的僧人十分友好，而且那里气候温暖，谷麦两熟，盛产赤盐、白盐、葡萄、冻酒、刺蜜、棉布和丝织品等，与中原也有贸易往来，是少有的富庶之地。如果去那里化缘，一定有所收获。只是我们惦记着在乌夷国与各位会合的约定，怕各位久等，就没有马上答应。现在是不是要考虑一下？"

一句话提醒了在座的和尚们，个个眼前一亮，心里产生了绝处逢生的希望。高昌国，在今天的吐鲁番东南部，属于丝绸商道的北路。智严的话音刚落，大家纷纷提议去高昌国化缘。法显想了想，动了心，但又觉得高昌在东北方向，去那里等于走了回头路，一时也拿不定主意，便看了一眼慧景。

慧景沉吟了一下，说道："高昌国离这里比较远，仅是为了化缘，我看不必全部出动，有几个人去即可，其余的可在这里继续化缘，寻找机会。把希望寄托在一处，并不是良策。"

法显点点头，认为这个主意可行。

精力充沛、好奇心又强的慧嵬，第一个自告奋勇愿意去高昌国。智严、慧简也站起来，愿意一同前往。慧嵬本来想拉道整一起去，但看到他一副不想动身的样子，也就不提及了。

送走了三位同道，法显等八人留下来，继续在乌夷国化缘。他们在这里等了两个月，也没有等到智严、慧简和慧嵬三人回来。后来，法显从天竺取经东归，在建康道场寺见到了提前回国的智严，而新结识的慧简和从长安一路同行的慧嵬，在高昌国与智严分手后，则下落成谜——这是后话了。

去高昌国化缘的人没有回来，而西行的川资依然没有着落，这让法显备受打击。他和几位同事商量了一下，决定再等几天，如果还没见到智严等人，就亲自去那里一趟，寻找他们的下落。

然而，让他们意想不到的是，第二天在化缘的路上意外发现了一户大户人家。从远处看去，就知道它非同小可：高门楼，大红门，院墙高大，砖瓦讲究，在众多的民居建筑中，真可谓鹤立鸡群。叩开门之后，从里面走出一位长相富态的人，三十多岁，慈眉善目，一副汉人打扮。法显赶紧上前施礼，提出了化缘的请求。主人眨眨眼睛，笑道："听口音，你们是从东土来的僧人？"

"正是，我们来自汉地长安，要西去天竺求取戒律。今途经贵地，希望施主施舍我们一些川资路费，老和尚感激不尽了！"

"好说好说，各位高僧都是老家人，稀客，真是稀客，先进屋里再说吧！"

法显本没有抱多大希望，一见主人这么热情友善，十分意外，千恩万谢地走进了大门。一行人穿过门楼和甬道，路过数套宽阔别致的中原四合院，最后才进入豪华客厅。不用说，这是乌夷国首屈一指的富有人家。只是他自称老家人，不知何故。

在地毯铺地的客厅内，主人请僧人们落座，让奴婢献茶。交谈中，法显等人这才解开心中谜团。原来，请他们进门的不是别人，正是前秦皇帝符坚的后代——符公孙。符公孙的爷爷叫符洛，是符坚的堂弟，也是一员武将，雄健有力，战功卓著，但符坚却担心他成了气候，对自己不利，便把他赶到外藩。符洛不服，举兵造反，兵败被擒，被符坚流放到凉州。淝水之战后，前秦衰落，国家动乱，符坚、符洛先后被人杀死，符洛的子孙为了避难，才逃亡西域，流落到乌夷国。不过，瘦死的骆驼比马大，符家逃亡时，也带来了大量的金银财物。经过苦心经营，很快符家又富甲一方。符公孙的父母死后，他继承祖业，牢记先人的教训，为人低调，喜欢接济贫苦百姓，也善待僧人，被当地人称为"苻善人"。

交谈中，苻公孙了解到法显等人是长安护国寺道安大师的高足，肃然起敬。道安大师在长安时，不仅与苻坚情同手足，与曾在长安为官的苻洛也是老相识。苻洛经常去护国寺进香，与道安大师也相处得不错。为此，双方越聊越亲近，越聊越有聊不尽的话题。苻公孙把他们留在府上，用丰盛的饭菜招待他们。时令已进入冬季，看到法显他们衣衫单薄，难以御寒，苻公孙又令管家给每人定做一套棉衣，并许诺资助他们西去天竺。

出行的日子到了，苻公孙果然兑现诺言，给法显赠送了足够的米粑干粮、几袋碎冰和一些银两，外加一匹强健的青马。考虑到沙漠里昼夜温差大，白天太阳如火炉，晚上严寒如冰窖，苻公孙又赠送新被褥四床，让他们途中御寒。

出发那天，法显感念苻善人的慷慨相助，念了无数遍佛，祈求佛祖保佑他世世平安。苻善人拉着法显的手，送了很远的路程，依依不舍，嘴里不停地祝愿高僧们一路平安，并嘱咐他们回程时再来做客。前方，高大的青马载着干粮、碎冰、干草和被褥，跟在慧应、慧景、道整、僧韶、宝云、僧景、慧达的后面，人和马差不多望不见踪影了，法显这才和苻善人作最后的道别，追了上去。

第十二章

≈≈

过于阗再渡荒漠

从乌夷国前往天竺，有两条通道，一条是于阗道，横穿沙漠即可到达，但路途艰辛，危险系数高，走这条路的人比较少；另一条是沿天山南麓一路西行，道路虽然远一些，但沿途有人家，住宿有保障，遇到的困难也比较少，是商旅和僧人常走的路。法显考虑到天山南麓各地盛行的都是小乘教法，刚刚在乌夷国被冷落的场景，记忆犹新。于是，他毅然选择了于阗道。

法显带着七名同伴，离开乌夷国后，折向西南，沿着克里雅河河谷一路行进，途经龟兹国后，便进入了广袤的荒漠——塔克拉玛干沙漠。

同白龙堆沙漠相比，这里的沙漠更加浩瀚，沙丘成堆，只是没有了那些难以攀越的绝壁。因为浩瀚，他们要走更多的路。然而，以前多少人因为在沙漠中迷失了方向而把性命留在这里。塔克拉玛干，在维吾尔语的意思为"走得进、出不来"。

塔克拉玛干沙漠流动沙丘的面积很大，沙丘高度一般在一百米到二百米之间，最高达三百米左右。沙丘类型复杂多样，有复合型沙山，也有低矮的沙垄，宛如憩息在大地上的条条巨龙；而塔形沙丘群则呈各种蜂窝状、羽毛状、鱼鳞状，在风暴的作用下，变幻莫测，甚为神奇。

这片寸草不生的荒漠，呈流线形的沙丘遍布各处，在夕阳西下之际，起伏的沙丘如金色的海浪，柔美的线条增添了一种特别的韵致，壮美而温柔，苍凉而雄浑。当沙漠风起，带动沙粒流动时，会走的流沙如海边的潮汐，韵律十足仿佛置身海岸；大风过后，沙丘表面就会留下痕迹，那丰富的肌理便是它的杰作。这时，你会发现这广袤的沙漠真是美丽如画、让人兴奋。但是，一旦沙漠出其不意地暴露出狰狞的一面，你就会为刚才的赞赏而懊悔不已——因为在这美丽如画的表象下面，掩藏着巨大的杀机和风险，让人防不胜防。冬季多风暴，昼夜温差大，是考验这群远行者智慧和体力的两大难题。所以，他们默默地走着，除了祈求佛祖保佑，没有任何话题。

比较有利的是，沙漠的南边，是雄伟的昆仑山脉，高耸入云，终年积雪不化，就像是世界的边缘。迎着昆仑山往西南而行，不至于迷失方向。

虽说是冬季，但沙漠上的白天还是相当温暖的。白天，他们脱掉棉衣，不停地走路，饿了吃一块干粮，渴了嚼一把碎冰。到了傍晚，气温骤然下降，甚至降到零下三四十度。这时，他们就得歇下来，每两人一组，刨一个大沙坑，做一个临时的窝，躺在里面，盖上符善人赠送的新棉被，再把雨布铺在顶上当屋顶，这样能一直睡到东方微明。这个大沙坑，既可以拦风，也可以保温，真是起到了大作用。但是，一旦突遇风暴，这里又有可能变成他们的坟墓。

一天深夜，从北方旋起一阵龙卷风，呜呜吼叫着，吹得黄沙满天，天地如同包裹在一团雾霾里。龙卷风走到哪里，就把地上的一层黄沙带到哪里，在空中剧烈旋转着，好似一个酗酒的巨魔正在施展"飞沙功"。风魔一边扔掉旧的沙子，一边又带起新的沙子。被扔掉的黄沙纷纷扬扬，像一场暴雨溅落在地上。龙卷风经过他们身边时，掀起了坑上的雨布，卷走了盖在他们身上的棉被，又把黄沙埋在他们身上，他们却浑然不知，仍旧躺在自己挖的沙坑里呼呼大睡。白天的劳累还似乎没有缓解，对眼前的危险也一点儿没有觉察。

幸亏趴在他们身边不远的大青马，一夜没有合眼。它一直嚼着干草和干冰，被龙卷风带起的沙子不时地掩盖它的身体。它不停地抖掉沙子，看见主人们所面临的危险后，立即发出一声惊天动地的吼叫。这叫声最先惊醒了年老的法显。他猛然抬起头，身上的沙子随即哗啦啦滚落了一地，眼睛却差点睁不开了，这才意识到情况不妙，赶紧叫醒同伴。大家站起来，爬出沙坑，寻找被子和雨布。这时，龙卷风已经远去了，他们找到被子后，却再也没敢合眼。深夜的寒冷把他们冻得瑟瑟发抖，他们就地坐在沙漠上，把被子围在自己的身上。

为了避免这次教训重演，他们决定以后两人一组，晚上轮流在沙坑外面睡觉，以便及时捕捉到风暴的信息。

待到天明，他们冒着严寒做起了早课，念了经文，开始啃干粮，再继续大步前进。运动是驱赶寒冷的最好方式。

风暴的到来，多数是没有前兆的。白天的风暴更多，也更突然。小型的风暴并不可怕，沙粒吹打在脸上，至多让人感到一阵阵生痛而已，他们可以逆着风向走，也可以遮住眼睛走路。而比较大的风暴，他们就要采取防护措施。青马是一匹富有经验的老马，一见风暴吹得连眼睛都睁不开，甚至站都站不稳了，就及时趴在地上。法显等人也赶紧趴在马的身边，排成一列，闭上眼睛，让马背替自己挡一阵风。待风暴减弱了，就清理一下身上的沙子，继续赶路。

由于风暴的干扰，他们的行进速度根本快不起来；加上旅途的劳累，拖住了他们的双腿。他们每走一步，都要付出艰辛的努力。身体本来就不好的慧应，在过白龙堆时曾旧病复发，但在鄯善国寺庙和符善人府上，得到了很好的调养，基本恢复了健康。这次，面对恶劣气候的频频折磨，他的气喘病又犯了，而且更加严重了。天气好的时候，法显让慧应骑在青马上，压在青马身上的干粮和碎冰，就分到其他同伴的身上。

就这样，一天接一天机械地走着，连法显他们也不知究竟走了多少天，一场更大的风暴突然席卷而来。那是一个晴朗的午后，天空中忽然布满了团团墨云，昏天黑地如同世界末日，风暴呼啸而起，耳边就像响起万物慌乱的惊叫声。一时间，广袤的沙漠被风暴掀了起来，厚厚的沙雾席卷而来，遮天蔽日，如同饿鬼扑食一般阴森可怕。

"风暴又来了，快!"法显立即发出了警告。

然而，风暴来得太快了。骑在青马上的慧应刚翻身下马，青马还没来得及趴下，风暴就将他们吞没了。八个和尚，瞬间失去了自我控制的能力，成了一只只断线的风筝，在风暴中滚落、飘浮、起伏。他们被风掀得东一头西一脑地乱撞，一会儿被掀起，一会儿被扔下，像皮球一样在沙地上滚来滚去，窒息得几乎失去知觉。好不容易吸了一口空气，口腔和鼻腔里却灌满了沙子。等风暴平息后，他们昏头昏脑地撑起身子，睁开眼睛，人人像刚从地狱里钻出来的一样，惊魂未定，瑟瑟发抖。

待情绪稳定下来，他们才四处张望，发现八个人被大风吹得七零八落，费了九牛二虎之力才各自爬起来，往一起靠拢。人还在，青马却不知了去向。他们呼喊着青马，没有回音。爬到沙丘上四处寻找，仍然不见青马的影子。

难道青马被沙子埋葬了?

马的体重达数百斤，风暴难以掀动，被铺天盖地的沙暴掩埋掉，是完全有可能的。大家忽然回忆起来，就在他们被大风吹得滚来滚去时，耳边似乎听到了青马的嘶鸣声，那一定是它在作最后的呼唤。可是，巨大的风暴已改变了原来的地貌，他们根本找不到和青马在一起时的最后位置，无法把它刨出来。

"阿弥陀佛!"法显行了个合十礼，低头祷告了起来。

其他几位也祷告了起来。

幸亏干粮和碎冰还紧紧地绑在他们每一个人身上。

没有了青马，就会失去一位好帮手。幸好昆仑山上的积雪更明亮耀眼了，山峰也越来越高大了，这些都似乎在提醒他们：再坚持一下，沙漠很快就到了尽头。

虽然被子丢了，但干粮还在，碎冰还在。他们手拉着手，继续做最后的艰难跋涉。在这些僧人里，法显已经是一个老人了，他知道自己不能露出一丝一毫的胆怯和犹豫。他的一举一动都在给同伴作示范。虽然他比其他人更辛苦，却始终咬紧牙关，尽力前行。一个老人尚且如此，其他年轻一些的僧人也就没什么怨言。大家除了走，还是走，并不时地抬头看一眼雪白的大山，给自己默默地鼓劲。

第十三章

≈≈

谢挽留不改初心

一共走了三十五天，法显他们终于走出了这片可怕的大荒漠，到达了于阗国。这一年，正是公元401年的春天，离法显一行离开长安已经有两个年头了。

于阗，就是今天的新疆和田县，自古就是一个富饶和顺的安乐之邦。地处和阗河沿岸，南接昆仑山，北临塔克拉玛干沙漠，是西域南道中的最大绿洲，也是南入天竺的重要中转站。这里不仅植物种类繁茂，还盛产宝玉。它与佛祖的故乡只隔着一座巨山，貌似很远，实则很近。从周边环境上看，它似乎处于一个封闭的环境里，却有几条通道与天竺相连。多年来，天竺与西域之间的商贸往来，必经于阗；西域各国去天竺贸易，也必须在于阗落脚。2世纪末开始，佛教从天竺跨越葱岭传入西域，于阗自然也是第一个落脚点，很快就成为西域大乘教法的中心。此外，在佛教传入中原的过程中，于阗也是重要的发源地之一，承载着向中原地区源源不断地传输佛教思想和经典的使命，是令中土僧人个个神往的"小西天"。

北魏人杨衒之撰写的《洛阳伽蓝记》里记载：于阗国的佛教是一个胡商从天竺带来的。这个商人把一个叫毗卢遮那的比丘带到了于阗城南的一棵杏树下，自己到国王面前请罪。因为未经允许就把一个外国教徒带回来，是要治罪的。国王得信后，非常震怒，令人带进宫来，要严厉审讯。比丘非常镇静，从容地对国王说："是如来佛派我来的，千万别治商人的罪。"国王说："你口口声声不离'佛'，佛在哪里？如果你能让我看见佛，我就相信你。"如来佛早把这一切看在眼里，便让一位弟子幻化成佛的形象，从空中现出容貌。国王见了佛后，大吃一惊，马上起身拜倒，从此虔诚地信奉佛教……

法显率领同伴进入于阗后，看到这里城墙高大，城门结实，都呈椭圆形状，与别处有所不同。城内居民人来人往，街面宽敞干净，市场买卖兴隆。人们穿着彩色的服装，相互礼让客套，欢声笑语不断，时而还能听到远处传来的音乐声。在一些人多的地方，或集会场所，人们载歌载舞，放声歌唱，脸上洋溢着幸福和快乐；而吹拉弹唱的男男女女，也手持羯鼓、琴瑟、胡笳、胡琴、角等乐器，唱奏着佛乐，尽情表演。看到这些情景，法显情不自禁地赞叹道："真是一个丰乐殷盛的国家呀！"

最让法显惊喜的是，于阗不愧是传说中的佛教之邦。在八万居民当中，僧人就有数万名，他们居住在一百多所寺庙里，吃穿用都由国王统一免费发放。街面上随处可以见到外出弘法和远行的僧人。每有僧人路过，人们都恭恭敬敬地行礼致意。在遍布城区的民居建筑里，家家户户都供奉着佛像，而且门前都建起一座小木塔，最大的达数丈高，最小的也有两丈多高，那是四方僧人落脚的僧房——四方僧堂。不管是从东向西去的朝圣僧人，还是从西往东去的传教士，到了于阗随时都能找到这样的僧堂，进去可以免费休息和过夜，还能受到主人热情接待。

于阗国上下如此敬佛、供佛，法显等人感到十分欣慰，旅途中的劳累很快被一扫而光，取而代之的是快乐、激动和向往。国王听说东土来了一个僧团，要西去天竺取经，立即下诏接见。法显等人进入王宫后，国王同他们一一施礼，嘘寒问暖，表示热烈欢迎。听说他们来自长安，是闻名遐迩的道安大师的弟子，国王更加高兴，嘱咐他们一定要多住些日子，并亲自安排他们住进了于阗最大的寺庙——瞿摩帝寺。

法显等人到达瞿摩帝寺后，被尊为得道高僧，受到隆重欢迎。在方丈的率领下，寺内三千多名僧人站立寺前，列队迎接法显一行的光临。抬眼一看，瞿摩帝寺内建筑辉煌，一室一物都十分讲究，高高耸立的佛塔可谓精雕细琢、光彩耀眼。塔后的大雄宝殿雄伟壮观，一柱一窗雕饰金箔银箔，富丽堂皇。供奉的神像更是披金挂银、光彩夺目，这一切都显示着这所国家级寺庙的富丽和别具一格，标志着这个国家的富有和强盛。

寺内三千多名僧人，天天有条不紊地从事着早晚功课和法事活动，三千人诵经，三千人进食，三千人唱佛歌，那场面真是无比壮观。在早晚功课时，具有音乐天赋的于阗人，把音乐也带进寺庙来，伴奏早晚功课的，既有磬、铙、钟、鼓等打击乐，也有羌笛、琵琶、箜篌、胡笳等管弦乐，音乐和鸣、乐器合奏，乐曲悠扬激荡，入耳入心，既荡涤人的心灵，也静穆人的心神，真是无比神妙。每天吃饭的钟声响起后，三千僧人次第进入饭堂，一排排坐下进餐，饭堂里却安静得如无人之境，连叫人加饭都不高声言语，而是挥手示意；饭毕，又井井有条地退出饭堂，没有一点喧闹之声。

看到瞿摩帝寺里的僧团纪律如此严整，听着寺内寺外处处响起的梵呗之声，法显感从心来，不由得说道："如果我们的国家有这样的气象，我们的僧人有如此严明的规范，我又何苦不远万里来寻求戒律呢？这才是弘扬佛法的最高境界，是令人向往的佛国圣地啊！"

瞿摩帝寺还安排了好几场弘法大会，请法显讲法。法显是最受尊敬的高僧，愉快地登上讲坛。他结合自己几十年的习经体会，再把道安大师的观点加以发挥，讲得有理有据，头头是道，受到数千听众的欢迎。最后几场法会，连附近的俗众也赶来旁听，站满法堂内外。于阗境内其他寺庙的方丈，听说东土高僧来讲经，也来盛情邀请，法显便安排慧景、智严、宝云他们分别去开讲。

在瞿摩帝寺居住的一个月时间内，法显还同方丈等高僧倾心交流心得，受益良多。他还被允许进入藏经阁翻阅佛经。打开藏经目录后，他发现藏经阁里的经书并没有超出自己所学习掌握的范畴，只得向方丈辞行，准备率众启程。方丈笑呵呵地说："你是国王陛下亲自安排的客人，我可不敢随便放你走。要走，先去国王那里吧。国王有旨，近日还要召见你呢。"

法显只得去了王宫，向国王说明情况。国王兴致勃勃地说："今天我得闲，带你去参观一个新建成的寺庙吧。参观之后，是去是留悉听尊便。"

原来，法显到达于阗不久，恰逢这里修建了历时八十余年的一所新寺刚刚竣工。这所寺庙高二十五丈，佛塔金碧辉煌，器具雕文刻镂，佛像金银覆面，一景一物皆由众宝合成。塔后有佛堂，庄严肃穆，一梁一柱、一户一扇、一窗一牖，都镶以金箔。抬眼看去，真是珠光宝气、佛光闪闪。

"阿弥陀佛，如此豪华，真乃佛门福地，天下少见啊。"法显脸上充满着羡慕和钦佩之意。

"这可是我们国家最大最好的寺庙，高僧如果有意留下来的话，这将是你终身修行的宝地。"国王说。

"谢谢陛下美意！可陛下有所不知，法显自长安出发，就立下了去天竺求法的宏愿，不达目的决不罢休。出家人以佛为念，以普度众生为任，断不敢贪图享乐，唯愿我东土能像贵国一样，佛光普照，人民康乐。"法显答复道。

国王沉默了一下，忽然对法显说："高僧还记得当年的东土和尚朱士行吗?"

"那是一百多年前我东土曹魏年间的高僧，法号八戒。高僧深恶于通过几道手翻译过来的佛经词意混乱，便立志西去求取真经，因而成为东土第一位西行取经求法的僧人。我此去天竺，就是立志以他为榜样啊。"

"高僧可知道，八戒和尚当年历经艰险到达于阗后，找到了他梦寐以求的九十章六十余万言的大乘教法经典梵文本《大品般若经》，他抄录之后，因种种原因没有归国，直到二十年后才托人把它带回东土，而他自己却一直没有再返回中原。你知道是为什么吗？因为那时他年事已高，慑于回家的路艰险无比，翻越葱岭去天竺的路又十分艰难，只得住锡于阗，以八十岁的高龄圆寂于此。高僧为什么不向他学习呢?"国王不甘心，再次挽留法显。

"陛下，八戒高僧托人带回的经书，译成汉文后，我已经熟记在心。我所求取的藏律经书，并未从贵国的寺庙内找到。所以，我还得再去天竺一趟。纵然还有万千风险，只要法显还有一口气，断不会改变。"法显一脸严肃地说道。

"啊，法显高僧的志向，真是彪炳日月，让人肃然起敬啊！不过，南去天竺要翻越高耸云天的葱岭，势比登天。岂不说那吞人不吐骨头的'毒龙'时刻要了行人的命，就是躲在山上的强盗也不会放过一个行人，多少人死在他们手里。高僧比当年朱士行到达于阗时的年纪还大，今又受到旅途的劳顿，此去前程未卜，还望三思啊！"

"陛下，如果法显顾及个人的生命安危，早就偃旗息鼓了。但一想到故土的佛法还不尽如人意，中原地区依旧天下大乱、人民遭殃，佛法却对此无能为力，法显就寝食不安。看到你们国家在陛下的治理下，天下和乐，人民安康，社会稳定，老有所养，少有所依，法显更坚定了自己取经的决心。还望陛下谅解！"

"嗯，有了高僧这样的和尚一心向佛，普度众生，我想那东土迟早也会成为富裕安康之邦。不过，四月八日是佛诞日，届时我们国家要举办一年一度的'行像'大典，我正式请高僧再住一些日子，见证一下我们这个盛大的节日如何？"

"这……陛下的盛情真是让人难却。只是还要再等三个月，怕是又耽误了行程啊！"

"高僧有所不知，现在正是冬季，葱岭上寒气逼人，气温极低，自古以来很少有人在这个季节翻越葱岭的，怕是欲速则不达。只有等到夏季，气温有所回升，才是最佳行期啊。我这也是为你们各位着想！"

"既然如此，法显就多谢陛下了！"

告别了国王，法显回到瞿摩帝寺，传达了国王的建议，表示自己已答应了国王的要求，决定留下来，再等三个月。

慧景想了想，说道："师兄，听说前面还有一个竭叉国，就在葱岭脚下不远，过葱岭必经这个国家。我们一行八人全留在这里，似有不妥。就算同行们笑纳，我们自己也觉得无趣。我建议先派几个人去那里打前站，为过葱岭做一些准备工作，以免像过白龙堆沙漠一样，没有充分了解就贸然上路，遇到了危险也措手不及啊。"

道整也点点头，笑嘻嘻地说："慧景师兄言之有理。我们在这里住得久了，也有些厌烦了，怕是人家寺庙的和尚们，也会嫌我们是个累赘。我听说竭叉国国王今年要举办五年一届的无遮大会。从春天开始，国王大臣都要供养四方僧众，时间达两三个月之久。如此礼待四方僧人，真是天下难找啊。反正我们去那里也不会吃亏。五年一遇，机会难得，错过了就永远错过了。要是打前站，我也算一个。"

话音刚落，慧达也表示愿意打前站。

法显听完他们的话，觉得此举未尝不可，又问有谁愿意留下来看"行像"大典，慧应、僧韶、宝云、僧景四人都表示愿意留下来，陪同法显。

商定之后，打前站的三名僧人，简单地准备了一下，便动身出发了。

第十四章

≋

观佛诞又逢斋会

佛诞日是每年的四月初八，但从三月底开始，于阗国上下就紧张而忙碌地做起了准备工作。不等国王发布命令，城里的老百姓就自觉地拿起扫帚，把自家门前的街道打扫得干干净净，又采摘鲜花、制作彩绸装饰门前的大街小巷。家家户户老少上阵，日夜操办，比过节还热闹。而都城的城门上，已提前搭起了一座巨大的帐篷，帐篷四周帷幕重重，彩带飘飘。这是举办"行像"大典期间，国王、王后及随身侍女们"下榻"的临时行宫。

所谓"行像"，就是用花车载着佛像出行，送入城内，在各大寺庙四周走一圈，接受王侯大臣们的敬礼和普通信众的膜拜。四月初八一早，搭载佛像的四轮花车，从城外约三四里处正式启程。无数僧人和俗众早早就聚集到这里，跟在花车后面，瞻仰、膜拜；穿着奇装艳服的男男女女，站在路边舞蹈、歌唱，乐队敲锣打鼓，胡琴、箜篌、琵琶、五弦、角等拨弦乐器一齐奏乐。

"来了，来了，快行礼!"站在路旁迎接的人们欢呼开了。

就见这辆特制的花车，三丈多高，四面装饰精致，车上镶嵌着金、银、琉璃、砗磲、玛瑙、珍珠、玫瑰宝石七样珍宝，车顶上悬挂着丝织华盖，比国王和王后的专车还要华丽。一座金身佛像立在车内正中，佛像的两边各有一尊菩萨像侍立，身后又有金装银裹的诸天神像，从半空中悬垂下来。

花车后面，也有六辆车跟随着，车上装的是鲜花、涂香、水、烧香、饭食、灯明六种供品供具，代表着布施、持戒、忍辱、精进、禅定、般若（智慧）六波罗蜜，供品的品色繁多、供具的样式各异，每一辆车的供品、供具又各不相同。

迎候花车的人们纷纷退让路边，合掌致礼。路边的舞蹈队开始载歌载舞，各种乐器齐声奏响，人们怀着崇敬之心，向佛像致以最高的礼仪，感谢佛祖的保佑，祈求佛祖再降福给他们。

花车在众人的护送和音乐的陪伴下，缓缓走近城门。在离城门还有一百步距离时，已经摘掉冠冕、换上新衣、光着脚丫的国王，捧着花和佛香，毕恭毕敬地走出"行宫"，步下城楼，在城门口迎接。他先是跪在地上，以头叩触佛像的脚，表示无上敬意，随后散花焚香，向佛做礼拜，礼毕后陪着花车走进城门。花车经过城门时，早已恭候的王后和侍女们，从城楼上往下撒花，漫天花雨纷纷落下，撒在花车身上。

国王的礼拜结束后，载着佛像的花车在国王、王后的迎送下，进入了城门，开始巡游城内的各大寺院。虽然城内寺庙不少，但大规模的寺院只有十四所。花车在众人的簇拥下，向寺庙走去，一路上人山人海，场面十分壮观。不过，一天只能走完一所寺院。

法显等人住锡的瞿摩帝寺，是于阗国目前僧人最多的寺庙，第一天的"行像"大典就巡游到了瞿摩帝寺。迎接佛像的当天，法显等人站在方丈的身边，率众僧恭候在寺门前，先向佛像行集体叩拜礼，口诵经文，身边的乐器不停地伴奏着祥和、亲切的音乐。然后，方丈、法显等人跪步走到佛像前，以头叩佛脚，再次念诵经文。其他僧人分成若干组，也一拨一拨地跪步上前，在佛像前行礼。大礼参拜完毕后，花车载着佛像，暂时供奉在寺内。

从第二天起，佛像离开瞿摩帝寺，又向其他寺庙行进。估计离大典结束还需要十四天，法显自知逗留太久了，又向寺庙方丈辞行。方丈这次再没有挽留。行前，僧韶忽然对法显说："长老，这段时间我到于阗各寺庙交流心得，认识了一位西域僧人，修道很深，我跟他很谈得来。他马上就要到其他地方去弘法，邀我同行。我动心了，决定陪他一起走。长老，我们就此别过吧。"

法显念了声佛号，道："出家人四海为家，走到哪里都是为了弘法。僧韶请便吧，如果那里有完整的戒律原本，别忘了带回祖国就是了。"

僧韶也念了声佛号，同大家一一惜别，含泪而去。随后，法显、慧应、宝云、僧景四人也离开了于阗，继续往西南方向行进。经过子合国——今天的新疆叶城县后，便进入葱岭地区，第一站就是于麾国。于麾国是葱岭地区的一个山中小国，群山环绕，古树冲天，城墙由黏土筑成，但城内建筑却以石头为主砌成，建有寺庙多所，僧人数百人，全国上下笃信佛教。当法显等人到达于麾国时，正是夏季时间。在法显的提议下，他们寄住在一所寺院内，打算实行"夏坐"。

对此，大家却有不同意见，僧景表示支持，慧应表示听从法显的安排，只有宝云说："在这里'夏坐'，又得耽搁三个月时间，再到竭叉国与慧达、慧景、道整他们会合，又得一些时日，一晃又到了冬季，再过葱岭岂不恰逢严寒了吗？"

法显道："'夏坐'是佛门规矩，天下佛教徒都须遵守。如果总是借口改变戒规，那还要戒律干什么？至于是不是遇上严寒，就听天由命吧。相信佛祖会看到我们的诚心，不会不管的！"

见法显这么坚决，宝云也就沉默了。

三个月的"夏坐"结束后，他们又跋山涉水走了二十五天，终于来到竭叉国。竭叉国，又叫疏勒国，地处塔里木盆地西缘，也是一个山区小国。可能因为这里比较寒冷的缘故吧，人们穿的衣服都是毛织品。没有稻菽，不种谷子，只有山上的青竹、地里的麦子、果园的石榴和甘蔗是认识的，而大多数的庄稼和植物都从来没有见过。法显心里明白，这里的地貌物种已经与汉地有明显不同了，东土离自己已经遥不可及，而自己要去的地方，却正在眼前。

他们终于走进了一座城堡，被告知这就是竭叉国。城外的居民，多在山上凿洞而居，不仅有土洞，也有不少石洞。可见，这里石材丰富。都城的城墙为石筑，高大结实。走进石头城门，里面的街道纵横交叉，街面铺以石板，人来人往，买卖兴隆。街道两边建有许多民居，民居中间，耸立着一些高大、气派的建筑物，既有国王的宫殿，也有官员办公的衙门，其中最显眼的是四所金碧辉煌的寺庙，四座佛塔无不高耸云天，让人一目了然。

不用向导，法显等就能看着佛塔找到寺庙。佛教徒们每到一处，就去当地寺庙落脚，都会受到隆重接待，这是佛门规矩。法显落脚的寺庙，是竭叉国最大的寺庙，规模宏大，僧人也最多。因寺前有一座巨大的塔台，名为佛塔寺。寺外镶金饰玉，寺内珠光宝气，就像一座大宝藏。和西域其他国家一样，从国王到普通民众，上下都笃信佛教，对佛教徒也敬重有加。一路走去，从路边居民毕恭毕敬地面对法显等人的眼神上来看，就知道这里又是一座佛国天堂。

果然，他们一叩开寺门，就受到方丈的热烈欢迎，被引进客房后，接待也是最高规格的。当他们彼此报通法号之后，前来打前站的慧景、道整、慧达三人也露面了。原来，这些日子他们就住锡在佛塔寺。分手才数月，几位同伴就像久别重逢，抑制不住欢声笑语，看来他们都过得挺不错，个个红光满面，没有受到一点亏待。

在寮房内休息时，道整就兴致勃勃地讲起了他们刚刚经历的无遮大会的情景。

五年一届的无遮大会，受到了竭叉国上下的高度重视，其规模和场面并不亚于于阗国的"行像"大典。这是一次布施僧俗的大斋会，又称无碍大会、五年大会，以广结善缘为目的，不分贵贱、僧俗、智愚、善恶，都一律平等对待。大会由国王亲自操办，从这年春天开始就进行谋划，派专人负责把四方僧众召集到这座石头城来，接受王宫的特别供养；四方僧众也会慕名主动而来，乐意享受一次长时间的免费招待。国王的供养期限，可达两三个月之久。这期间，被邀请来的僧人们享受着上宾礼仪，人人坐着精致柔软的坐具，头顶上悬挂着丝织的幡盖，身边摆着香花、鲜果，一脸自豪地领受国王和大臣们的献礼。国王的供奉结束后，大臣们也要设供招待僧人，有供养两三天的，也有供养三五天的。供养全部结束后，国王就把自己骑的马匹披挂好全副鞍鞯，让一位重臣骑着，连同各类布匹珠宝全部布施给寺院。

道整在叙述这场大供奉的场面时，啧啧连声，激动万分。可以看得出来，他仍然沉浸在被国王和大臣们屈尊供奉的快乐享受之中。

"哈哈，慧景师兄被请进坐具上，还有点不好意思呢，一个劲儿念佛；慧达呢，一紧张，头顶上的幡盖差点掉下来了，要不是我赶紧扶正，怕是要闹笑话了。身边的同行们都在享受鲜果，慧景和慧达呢，目不斜视，居然像没看见。我才不客气呢，恭恭敬敬地享受了一只不知名的鲜果，又酸又甜的滋味，真是妙极了。"

"我们哪有你的脸皮厚，嘻皮笑脸，毫不客气，比一个俗人还俗。"慧达白了道整一眼。

"阿弥陀佛，善哉善哉！可惜，我们来晚了，无遮大会早已结束了。"法显遗憾地说。

"不过，竭叉国从上到下对僧人的尊敬和爱戴，是永远不会改变的。只要我们一露面，四面全是友善的眼光。这点你只管放心！"

"国王布施给寺庙的马匹和布匹珠宝在哪里？能不能让我们参观一下，好颂扬铭记国王的功德?"法显问。

"长老，一国之王，哪能没有马骑呢？布匹珠宝也是王宫内的财物，施舍了再从哪里找呀？告诉你吧，国王布施完之后，国家还要出钱从寺庙里把这些东西再赎回去的。寺庙是不需要这些东西的。"慧达接着道。

"我们一路上走过竭叉国的田间地头，发现竭叉国本不是个富庶之地，除了麦子，什么农作物都不长，国王却如此慷慨地供养僧人，真叫人感动。我们走遍了西域各国，看到这里的佛教如此盛行，人们对佛门弟子如此敬重，佛法如此具有无边的亲附力和召唤力，真是让人羡慕呀！什么时候，我们中原汉土也能达到这样的康乐盛世，那将是我们佛门弟子的莫大欣慰，就是九死一生也是值得的呀！"

听了法显的一番感慨，大家沉默了。他们身上的责任感不约而同地被这席话唤醒了，此去天竺的心情更加迫切了。

第十五章

≈

攀葱岭"毒龙"扬威

接着,慧景向法显报告了翻越葱岭的准备情况。这些日子,他们不仅打听到了详细的行走路线,还了解到一路上的风险和隐患。更重要的,他们利用无遮大会的机会,募集了充足的食品。

无遮大会上,有一项专门的活动内容,就是向官员和俗众募捐,把募集的钱物捐给寺庙。全国居民,不管是穷是富,都乐意捐助,有钱人家捐钱、捐金币玉器,穷人家捐点粮食和布料,没有一家落后的。在活动达到高潮时,慧景带着道整和慧达走进俗众中间,一声声"阿弥陀佛",向他们介绍自己的来历、路过竭叉国的原因和此去天竺的目的,请求大家施舍。人们见这三位和尚穿衣打扮跟本地和尚略有不同,是一副破衣烂衫、穷困潦倒的样子,说话也不是本地口音,知道他们是游方僧人,来自遥远的东土长安,自然乐意伸出援助之手。不到三天工夫，就募得了大量钱物和粮食。他们把这些善款善物带到佛塔寺，只留下干粮、僧衣和僧帽，其余的全部转赠给寺庙。

说完，慧景就带大家去看筹集的干粮，都是干粑和面饼，已经装进了若干小袋。因一路上有冰雪可以解渴，所以没有再准备清水。

法显频频点头，表示满意。但提到路上的风险，譬如暴风雪的困扰、"毒龙"的袭击、强盗的剪径等，众人都感到恐惧不安。

法显问："为什么强盗会到那么高的山上去拦路抢劫?"

慧景道："听寺庙的同行们讲，葱岭是天竺各国和西域各国相互往来的必由之路，中原的丝绸如果要运达西方，也要经过这里。所以，打家劫舍的强盗就盘踞在葱岭的山谷里，发现商队经过就下手，将财物哄抢一空，还大开杀戒，无数西行的客商与东去的胡商都在这里丢了性命。"

"阿弥陀佛，罪过罪过! 我们不过就是一群路过的出家人，除了一点干粮，也别无所有，想必无妨。前怕狼、后怕虎，就什么事也做不了。各位教友，我建议明天就动身吧。"

众人点点头，都表示赞成。

第二天早上，法显等人在佛塔寺做完了早课，即刻动身出发。每人背着自己的干粮、行李，走出竭叉城堡，朝葱岭方向攀登。最先通过的，是一条狭窄的山道，十分陡峭。他们抓住路边的小树，脚蹬小树根，用力往上爬。这对多年没有走山路的法显等人来说，真是费尽了力气，个个累得腰酸腿软，膝盖和脚脖子也疼痛起来。没过多久，就大汗淋淋、气喘吁吁，心脏跳得怦怦响。好不容易爬过这道山岭，大家盘坐下来稍事休息，缓一口气。再看慧应，张大嘴巴，喘着粗气，脸憋得通红。大家已经恢复了平静，他还在那里大声喘息，表情十分痛苦。

"阿弥陀佛！慧应，我们忘了你是个有病在身的人，如果不能坚持，就回到竭叉国吧。在那里等着我们回来。"法显安慰他说。

过了好半天，慧应才回应道："师兄，这一路都走过来了，怎好半途而废呢？我说过，我不会离开师兄的，就是死在路上，也是值得的。只是，我拖了大家的后腿，实在是过意不去！"

"别说了，你的志向很坚定，我很喜欢。那就走吧，大家相互照应着，行动别太快，大不了就是晚到几天，不要紧！"

他们从地上爬起来，又上了一道高坡，终于来到一道相对平缓的山脊。回头朝山下看去，竭叉城已缩小成一个小方块，四周的田野和荒山，青乎乎的，却见不到一个人影。再抬眼往上瞧，横亘在崇山峻岭之上的，是一座高大险峻的山峰，整个被白雪覆盖住了。

"如果我没有说错的话，那就是葱岭吧。"法显指着那座险峰说。

大家看了看，都点点头，称"应该是"。

葱岭地处帕米尔高原和昆仑山、喀喇昆仑山等大山脉交会的地带，平均海拔四千米以上，地势高耸险峻，亘古难行。传说是因为山崖葱翠而得名，却终年不见青葱的影子，倒是冬夏有雪，常年不化，气候十分恶劣。西域人大概嫌"葱"字不准确，一直叫它大雪山。

接下来的路，就是在高原峡谷中逶迤穿行，既要躲避让人头昏眼花的万丈峡谷，又要绕过使人望而生畏的奇峰峻岭。脚下是被冻硬了的一层层积雪，踩在上面发出硬邦邦的声响。山间的风一阵阵呼啸而过，风的余威扫在他们的脸上，灌进他们的脖子里。尽管戴着僧帽、穿着棉衣可以御寒，但一直下个不停的雪，把路径全部掩埋，让他们举步维艰。

在陡峭的山间穿行，脚下就是万丈雪坡，稍不留神，就可能滑到无底深渊里，被摔得粉身碎骨。他们一边探着路，一边踩稳脚步，深一脚浅一脚地前行。有时，从远处山口上席卷而来的狂风，裹着雪花突然奔来，漫天雪舞搅得天昏地暗，即使不把人卷走，也会把人埋在雪堆里。每到这个节骨眼儿，法显就命令大家赶紧蹲在地上，抓住地上的草根。而僵硬的雪花夹带着雪粒，就像石子一样砸在人们的头上和手上，一阵阵钻心的疼痛。

风雪过后，他们抖落身上的雪花，继续前进。突然，一面更加陡峭的雪坡耸立在他们的面前，迷乱了他们的双眼。正在小心翼翼地行走时，一道雪影忽然从头顶上飞溅而出，划了一道抛物线，落了下来，随之就有一团团雪球哗啦啦滚落，从法显他们身边滑下去。

"我猜测，那就是传说中的'毒龙'吧？要小心！"法显提醒大家。

大家回味了一下刚才的情景，说不准，除了"毒龙"，也没有其他更恰当的解释，只有在心里默认了。

"毒龙"大发淫威的时候，是最可怕的。在大雪刚停的时候，山坡上积雪增厚，如果这时雪过天晴，有阳光照射下来，积雪表面会融化，雪水渗入积雪和山坡之间，使积雪与地面的摩擦力减小。这时，再起一阵大风，或响起一声胡狼和秃鹰的嗷叫，"毒龙"就会"发怒"，"喷吐"出毒风、雨雪，飞沙走石，从天而降，将山下的人和动物活活掩埋。——这个可怕的描述和后果，是他们在于阗就听说过的。

"毒龙"，其实就是雪崩。好几次，雪崩就在他们的头顶上发生，大量的积雪像等候已久的檑木滚石，一泻而下，并挟持一股冷风，喷出无数雪雾，发出剧烈的轰鸣声，吓得他们抱着脑袋，就地蹲下。这个时候，他们确实无路可逃，山上既没有乔木可以把持，也没有道路可供逃亡。一旦砸向自己，命运就交给上天安排了。谁也不知道何时会发生雪崩，更不知道哪些地方容易发生雪崩。他们没有一点儿这方面的经验。

雪崩轰鸣而下时，就连雪地里的胡狼、狐狸、野兔和盘羊也躲闪不及。这些野兽平时藏在不易发现的角落，暗地里进行着生与死的较量。但面对雪崩的到来，它们不再隐藏自己的行踪，而是一跃而起，向两边飞奔，但仍有一些野兽被大雪埋了起来，发出最后一声撕心裂肺的惨叫声。

走了一天又一天，天天小心翼翼地翻山越岭，在山谷、山腰和垭口上穿行，天天面临着被风暴吹落、被"毒龙"吞没、被冰雪滑下山坡的危险。他们不敢走得太快，不只是因为路难走，呼吸也十分困难，只得走走歇歇，渴了就抓一把雪嚼，饿了就啃身上携带的干粑，累了就停下来喘口气。要是谁实在走不动了，大家还要等着他。晚上，在天黑之后，他们就找一个背风的洼地或树下，扫出一块干净的地面，背靠背休息。

不过，雪地里的胡狼，也在尾随着他们，幸亏他们手上有雪杖，可以吓唬它们。但有时胡狼成群结队，眼睛里闪着饥饿的绿光，团团围住这群僧人，只待头狼一声令下，就扑上来，大快朵颐。这时，他们就得掏出火镰，击打火石，发出火光，或点燃干草，吓跑它们。为了预防不测发生，晚上休息时，他们由一个人轮流值班，一旦发现群狼，就唤醒大家。

好在路上不时有商旅的足迹，也偶尔遇到胡商从对面走来。大家彼此投出惊异和不安的眼光，又慢慢放下心来。在擦肩而过时，彼此都想打听点什么，却又苦于语言不通，只得摇摇头，作别而去。

但是，没有人会注意，在一道宽阔的垭口侧面，有一座小山包一样的雪堆，这看似平平常常的雪堆，却埋藏着一个既温暖又低矮的窝，那是一伙胡匪的窝点之一。雪花早已掩盖住房屋四周的一切，只有一道小门一直开着条缝，有一双贼眼露出凶恶的光，不断打量着这个往来商队的必经之地。在雪堆的背后，几个手持钢刀的悍匪，悄悄蹲成一排，正在等待着他们头儿的命令。

慧景一路都在留神，很快就发现了这个雪堆与别处有所不同，它面对垭口的一面，有一处凹痕，就像一只眼睛，而正常的雪堆，是不应该出现这个凹痕的。他低声对身边的法显说："师兄，那个雪堆有情况，很值得怀疑！"

"阿弥陀佛，不要紧张，也不要声张，照常走路，就当什么也没有看见吧。"法显不慌不忙地说。

他让慧景催促大家快些走，不要回头。自己则落在后面，摘掉僧帽，弹了弹，重新戴在头上；又脱掉僧袍外面的夹袄，抖了抖，再穿上。然后对着佛祖的故乡，合掌行礼，声音也提高了一倍，说道："阿弥陀佛，佛祖保佑我们平安翻过葱岭，去天竺取经吧！"

一路上，他时而这样不停地祷告，人们习以为常。但这次他脱掉僧帽和夹袄的举动，倒是有些反常。许多同伴并不知道这种不合常理的行为里含有什么寓意，只有他自己和慧景二人心里明白，那一举一动是故意向胡匪暴露自己的真面口——不过是一伙游方的穷和尚而已!

没有人认为和尚是富有的,也不会相信他们身上带着金玉宝石,当然也没有人知道胡匪们在想些什么、说些什么。事实上,这伙悍匪躲在匪窝里,之前的兴奋渐渐变成了失望,嘴里嘟嘟囔囔地说了一些话。也许是过去的经验告诉他们:抢劫和尚分明是白忙一场;也许是佛祖的光芒照耀了他们,让他们醍醐灌顶——抢劫普度众生的出家人,是得不偿失的。

悍匪们全部走出小窝,目送着法显这伙僧人团队从垭口走下山坡,向一条平坦的山路走去,许久才恶狠狠地骂了声:"原来是一群穷和尚!晦气!"

第十六章

≈≈≈

拜木佛初入天竺

经过近两个月的翻山越岭，公元402年的初春，法显一行七人，终于到达北天竺。这也是自长安出发以来的第三个年头。他们最先到达的一个国家，叫陀历国，在今天的巴基斯坦北方的达迪斯坦附近。这是一个山区小国，站在葱岭南侧的山岭上，举目望去，城内佛塔高耸，寺庙辉煌，众多庙宇散布在城内各个位置。身着僧装的出家人在大街上托钵走过，悠闲自得，一看又是一个佛教国度。

"这就是传说中的陀历国吗?"七个和尚驻足观望。

"你看他们的建筑，你看那些行人的穿衣打扮，跟我们汉人大不相同，跟于阗国、竭叉国倒是有些相似:男人头裹白巾、身着长裙;寺院建筑是方形平顶，佛塔尖则呈圆形，外面被有雕纹的围墙围着。这当然是天竺的国家了。"

"啊，我们终于到达天竺了，我们终于来到了佛祖的故乡了!"

几位僧人笑逐颜开，笑语不断，五十多天的劳累一下子烟消云散，取而代之的是无比的欣慰和自豪。他们人人都松了口气。

"师兄，各位同道，"慧景站在法显身后，不无感慨地说，"自卖自夸一下，据我所知，几百年来，能顺利到达天竺的僧人，我们可是第一人啊，哈哈。"

"是啊，"法显擦了擦脖子上的汗水，也抑制不住满脸的欢笑，"不过，我们还不能高兴得太早了。我听说陀历国有一座高大的木佛坐像，就先去那里朝拜一下吧。"

他们加快速度滑下山坡，进入陀历城。让他们惊喜的是，城里的居民说的全是梵语，这更让他们坚信这里就是自己想要到达的地方。幸好他们已掌握了简单的天竺口语，经过交流，才知道大木佛的位置，就在城内的罗汉寺。

陀历国寺庙不接待外国和尚，他们只得入驻寺院旁边的旅店。安顿下来后，便去了罗汉寺。走近一看，那座木雕弥勒佛像，坐落在寺庙门口，通高二十米左右，一只大脚就差不多有两米长。虽然是木雕佛，却栩栩如生，大肚皮、圆脑袋，憨笑的脸上阳光灿烂，一副无忧无虑的样子。法显率众合掌走上前去，跪地朝拜，口诵佛号，毕恭毕敬，并向捐助箱里投放了钱币。

礼毕，法显主动同罗汉寺的僧侣进行交流，打听木佛的来历。胡僧介绍，很早以前，陀历国有一个罗汉，会施展法术。

一天，罗汉带着本地一名木工上了兜率天，亲眼看到了弥勒的真容。木工下界后，就截来一段巨木精雕细刻，制成佛像。为了做到惟妙惟肖，他先后三次随罗汉上天，仔细观察弥勒的音容笑貌，经过不断地改进，终于制成这座形神兼备的弥勒佛巨像。从此，弥勒佛像便成了陀历国的国宝和象征，它灵光四射，保佑一方平安，吸引了四方的僧俗众人前来朝拜，就连各国国王也远道而来，争相供奉。

罗汉寺的僧侣还兴致勃勃地告诉法显，这里地处边陲，山重水复，道路崎岖，过去很少有人来传教。直到木佛建成后，才有天竺的僧人慕名而来，不辞辛苦到达葱岭山下，送来了佛法；然后又越过葱岭，把佛法弘扬到西域各国，进而远行东土各地。这样说来，陀历国就是佛教东传的岭南中转站，与岭北的于阗国刚好形成对应。

法显点点头，豁然开朗道："看来，东汉明帝梦见的那位高大金人，就是这座弥勒佛了。由此推算，佛法东流已有三百五十年之久了。"

胡僧们并不明白这个典故的含义，用不解的眼光看着法显，法显便一一给他们解释。原来，据史书记载，东汉第二代皇帝明帝曾梦见一位身高一丈六尺、脖子上有一道光芒闪耀的金人在宫廷内飞行。醒来后，他咨询大臣这是什么征兆，却无人能答。只有太史傅毅说："我听说周昭王时代，有人预言西方将会出现圣人，被人尊称为佛。陛下梦见的，可能就是西天的佛。佛能普度众生，这可是一个好兆头啊！"明帝大喜，命人赴西域去取经求佛，取回佛像及梵语经典六十万言，由一匹白马驮回东土，并在洛阳建白马寺，收藏经书。佛教从此传入汉土，至今三百五十年左右。

"太有趣了，真是法力无边、佛光普照啊！"胡僧们好不容易听懂了这个典故，也赶紧行合十礼，表达对佛的敬意。

简短的交流之后，法显又进入寺内藏经阁，却未发现任何对自己有价值的经典著作。僧侣告诉法显，佛法在这里都是口口相传，并没有专门的经书典籍，只有佛祖的故乡才有可能收藏大量的佛经著述。

法显有些失望，便决定在短暂休整之后，继续往前行进，直到找到戒律为止。

按罗汉寺僧侣的指点，他们下一个要到达的国家，叫乌苌国。这也是一个山中小国，北连葱岭，南至天竺北部，是印度河源头所在地。去乌苌国大约需要十几天的路程，这期间最难过的就是印度河上游的一条支流。奔腾咆哮的河水，穿行在高大陡峭的山谷中，两岸则是千仞岩壁，高不可攀。当年，在张骞出使西域二百年后，另一名使者甘英受班超所遣，也出发了，准备西行到达大秦，即罗马帝国，把东西通商之道再往西延长至欧洲。他翻越葱岭进入印度河支流峡谷后，却被这条河流所阻挡，难以跨越，被迫改道，最终没有全部实现自己的目标。而法显此行，立志以佛祖的故乡为目的地，必须横渡这条河流，否则就是前功尽弃。

印度河，又叫新头河。多日前，当法显他们伫立在葱岭之巅时，就见识过它的真面目。在大河的两岸，满目崇山峻岭，沟壑纵横，崖岸高绝惊险，山巅岩石岿然，真可谓壁立千仞。新头河就奔腾在这万丈崖壁的下面。今天，他们终于站在印度河岸边，再次近距离地目睹了它的狰狞面目：水流湍急，漩涡翻滚，浪高八尺，深不见底，传说中的水妖、河怪，似乎就暗藏在某一个角落，随时都会跳出来将人掳入水中，让人不寒而栗。身后，依然是险绝的高高崖岸，怪石嶙峋，陡峭如壁，同样让人胆战心惊。

幸亏前人为了蹚过印度河，专门建了一道索桥，贯通于大河两岸的高空上。而崖壁上，则被凿成七百级石阶通道，便于人们往崖上攀登，直达索桥的一端。法显等人，战战兢兢爬着石阶，吓得都不敢睁开眼睛。因为面前是垂直的峭壁，身后是万丈深渊，而台阶并不宽阔，双手又无物可抓。只要稍稍往下瞥一眼，就会头晕目眩，四肢发抖。稍不留神，或许就滚落下去，掉进湍急的水流中，发出一声惨叫，溅高一丈的水花，然后销声匿迹。攀登这七百级台阶，如同过鬼门关一样。

这样的攀登，对于病号慧应而言，更是致命的打击。在跨越葱岭的一个多月内，他就几经生死，多次晕厥，身体越来越虚弱了。这次，大家替他背起了干粮和水，但每攀登一级台阶，他都大口喘气，脸色苍白。没爬到一半路程，就趴在台阶上，不能动弹了。法显也急出一身汗，看见台阶旁边的石崖上有一块平缓的石坡，还从石缝里长出一棵不知名的小树，便嘱咐同伴继续攀登，自己则退步到慧应身边，一手抓住台阶边的枯枝，一手扶着慧应，待他清醒过来，将他慢慢拉到台阶边缘，让他半躺在石坡上休息，自己则靠在小树旁盘坐，喂以清水，又施以简单的按摩术，掐慧应的穴位，使他慢慢恢复活力。

七百级石阶，用了整整一天时间，法显和慧应才终于攀上了索道，他们紧紧抓住悬在空中的绳索，轻轻地踩着下方的索道，一步步移动自己的身体，不敢有一丝一毫的大意。但呼呼的河风，却顺着河谷长驱直入，吹打在他们身上，冻得他们瑟瑟发抖。两人就像荡秋千一样，在空谷中荡来荡去。幸好索桥建在最狭窄的河道上，只有八十米之遥，悬梯也还算牢固。等他们到达了河的对岸，同五名伙伴会合后，慧应再一次昏厥过去，而法显也紧张得大汗淋漓、手脚冰凉，身体几乎要虚脱了。

总算安全地跨过了印度河！

这时，天色已黑了。他们就在河南岸的山上过夜，喝足清水，吃饱干粮，席地而卧，为明天的行程积攒体力。

第十七章

≈

失同伴七友成单

乌苌国，位于今天巴基斯坦北部的斯瓦特河谷，居民的服饰、饮食习惯、语言都与中天竺一样。因为释迦牟尼成佛后，北行弘法最远的地方就是乌苌国，所以这里佛教十分兴盛，国家不大，却建造了五百座寺庙。佛祖弘法时，在这里留下了许多遗迹，这些遗迹成为佛门弟子瞻仰和朝拜的圣地。法显一行自然也要来一一顶礼膜拜。

释迦牟尼在这里弘法时，曾留下了多处脚印，虽然这些脚印遗迹大小不一，但毕竟是传说中佛祖留下的，怀着对佛祖的崇敬，佛门弟子仍然视为圣迹。法显等人朝拜了佛祖的脚印，又参拜了佛祖的晒衣石。这块石头有一丈四尺多高，两丈多宽，上面平坦如镜。传说，佛祖路过这里时，突然遭遇倾盆大雨，来不及躲避，袈裟被淋湿透了。雨过天晴后，他把袈裟脱下来，拧干水分，摊在这块石头上晾晒。于是，这块石头便成了佛门弟子景仰的圣地。法显礼拜之后，上前仔细观瞧，看见石头上还真留下了一条条布料上的纹路呢。

还有一处"佛度恶龙"的遗址，也颇受信众推崇。说是当初这附近有一条恶龙，性格暴躁，却神通广大，经常兴风作浪，引来霹雳冰雹，伤害生灵万物。佛祖来后，度化了这条恶龙，使其皈依佛门，改恶从善，为民造福。后人为了纪念佛祖的功德，建造了三座大塔，名叫度龙塔。

时间一晃就到了春末夏初了。乌苌国对外来的和尚，只提供三天的免费招待，三天后自己解决食物和住处。参拜了佛祖的遗迹之后，他们再次面临食宿之忧。是留下来"夏坐"，还是继续往前行进？对此，七位同道又有了不同意见。

法显自然要准备"夏坐"，但慧景说："乌苌国的寺庙虽多，但依然找不到我们需要的戒律典籍。北天竺还有一些小国家，我们不妨分头行动，到各地去走走看看，或许能有所收获。这样做的好处是，还能节省一些时间，少走一些弯路。我们是外地和尚，身负重任，也不必拘于常规，佛祖就是知道了，也会体谅我们的。"

话音刚落，道整就笑嘻嘻地点头，道："慧景师兄说得对！我听说，从这里往西南有一个那竭国，那里有许多佛祖胜迹，特别是'佛影窟'最著名，也最神奇。传说佛祖为了度化恶龙，在佛影窟里表演了十八变，其中一变就是跃身入石，人在石内，影子在石外，距离十步能看见佛祖的真形，而距离太近了反而什么也看不见，伸手一摸，石头还是光滑的石头，真是不可思议！如果不去看看，就白来天竺一回了。我也想先去那里碰碰运气，顺便朝拜一下‘佛影窟’。"

慧达闻言，也兴奋起来，说道："当初在于阗国，我就和慧景、道整三位同道先行一步，去了竭叉国。现在，我们三位不妨再组成一个先遣队，去那竭国打前站，等候法显长老‘夏坐’后来会合如何？"

"你们呢？"法显扭头问余下三位。

慧应、宝云和僧景表示，他们有些劳累了，愿意留下来陪伴法显"夏坐"。

法显道："既然这样，那我们就分成两队，慧景一队先到那竭国，随后我们去那里会合。但大家都别忘了，我们此行的主要目的，不是来游山玩水，也不是来朝拜圣迹，而是为了寻找戒律经书啊。‘夏坐’可以暂缓，但戒律不可不求！"

众人表示记住了。

三人离开乌苌国后，法显率余下四人去了摩顶寺"夏坐"。在天竺，夏季正值雨季，所以"夏坐"又称夏安居，夏安居期间，僧尼不得外出，只在寺内坐禅修学，接受供养。虽然寺庙并不提供法显等人的住宿，但他们可以在寺内坐禅修学，吃化缘而来的干粮。

"夏坐"一结束，法显等人就马不停蹄地继续赶路，去那竭国同慧景一队会合，途中先后经过了宿呵多国、犍陀卫国、竺刹尸罗国、僧诃补罗国，这些国家，都有一座著名的巨型佛塔，分别纪念佛祖的一段传奇故事。割肉贸鸽、施舍眼睛、施舍脑袋、投身饲虎的故事，就分别发生在上述四个国家。每到一个国家，他们都要去瞻仰和朝拜这些纪念塔。

割肉贸鸽的故事讲的是，佛祖的前世尸毗王非常慈善，怜悯一切生灵。一天，两位天神为了试探尸毗王是不是一位菩萨，就变作一只鸽子和一只鹰下凡。鹰追赶鸽子，鸽子惊慌逃窜，跑到尸毗王面前，请求保护。鹰赶来后，要求尸毗王归还自己的猎物，尸毗王拒绝道："我发过誓愿，要普救一切生灵，我不能把这只鸽子交给你吃掉。"鹰说："我不吃鸽子，就会饿死，你说的普救一切生灵，难道不包括我吗？"尸毗王想了想，决定用自己身上的肉来代替鸽子，交给鹰食用。他举刀割尽了腿上的肉，又割尽了两臂和两肋上的肉，仍不及鸽子的重量，便毅然施舍整个身体，直到昏死过去。天神们在天空中看到了尸毗王的行为，个个感动得热泪盈眶。

施舍眼睛的故事讲的是，佛祖的前世月明王，有一天走出宫殿，遇到了一位乞讨的盲人。盲人悲伤地说："国王陛下的生活又安稳又快乐，我却又穷又瞎，真不公平啊。"月明王问："有什么药物能够治好你的眼睛吗？我会满足你！"盲人回答："我听说，只有得到国王的眼睛，才能治好我的眼睛，你愿意施舍吗？"月明王便毫不犹豫地挖出了自己的两只眼睛，送给了盲人。

施舍脑袋的故事讲的是，佛祖的前世月光王，执政期间广行布施，名声很好。有一个正在修行的人忌恨他，便去了王宫，要求国王把脑袋施舍自己。国王不顾大臣们的反对，毅然答应了，并按约定来到森林里同这个人会合。月光王劝说道："你今天向我要头，是咱俩的宿怨所逼，我绝不会埋怨你。可是，你为什么要对人心存忌恨？修行人要时时反省自己，如果放纵自己的习气，随意起恶念，就会抵消已有的功德，离道行也愈来愈远。"这个人冷笑说："有道是，修行悟道不分早晚。现在我只想要你的头，然后我再好好去修行就是了！"说完，就把月光王绑在树上，抽出利刃，砍向国王。但他砍断的只是树枝！原来，月光王已经受到了天神的保护，任何人也伤害不了他。自以为真的杀了月光王的那个人，此时心中的怨恨立刻消解，回到深山中潜心修行去了。

舍身饲虎的故事讲的是，佛祖的前世是摩诃罗檀囊国国王的小儿子，他上面还有两个哥哥。有一天，小王子随两个哥哥在外面游玩，看见悬崖下面有一只母老虎，正在哺乳两只小虎。母老虎是一副饥渴难耐的样子，大概很久没有进食了，根本滴不出一滴奶汁。小王子想，这只老虎极度饥饿，生命垂危，还要哺育两只小虎。我看它的样子，如果再吃不到食物，就会吃掉自己的孩子，我必须拯救它，于是便对两个哥哥说："你们先走，我有点小事，过后再追赶你们。"等哥哥们走后，小王子悄悄跳下悬崖，躺在老虎面前，布施自己的肉体。这时，老虎已虚弱得吃不进东西了，小王子便折取一段尖利的树枝，在脖子上刺出血来。老虎舔了血以后，渐渐有了力气，就张开大嘴吃掉了小王子……

这些故事家喻户晓，出家人更是耳熟能详。今天，望着这些纪念佛塔，想着佛祖的非凡事迹，法显等人更加缅怀佛祖的功德，坚定了自己献身佛门的信念。

他们一路晓行夜宿，这天又到达了弗楼沙国。弗楼沙国，就是今天的巴基斯坦白沙瓦市西北地区。还没有安顿下来，法显等人就急着去朝拜该国的一座雄伟庄严的佛塔。传说释迦牟尼生前弘法途经此地时，曾预言："我涅槃以后，会有国王在这里树立佛塔。"佛灭五百年后，一位国王出游到了这里，天上的护法神便变成一位小牧童拦在路中央，用石头砌塔。国王好奇地问："你在这里干什么？""小牧童"回答："我要立起一座佛塔！"国王听罢眼前一亮，点头说："嗯，这个主意不错！"于是，国王就在"小牧童"砌塔的地方，建造了一座四十多丈高的塔，塔身装饰着奇珍异宝，而"小牧童"堆砌的三尺小塔，也立在大塔正南不远的一个地方。

参拜了佛塔后，法显他们又去朝拜佛祖生前留下的佛钵。这佛钵是化缘用的，但与普通食钵大不相同。据说穷苦人如果把少量的钱物投进钵内，佛钵就会瞬间自满，全是钱物，因此就能脱离贫困；而富贵人家再怎么投放东西，佛钵也总是装不满。如此神奇的聚宝盆，当然是佛门至宝。有一年，月氏国国王为了夺取这只佛钵，派大兵压境征服了弗楼沙国，可就是运不走这只佛钵。月氏王用一头大象背负佛钵，大象累得趴在地上，寸步难行；用四轮车装载佛钵，驾八头大象来拉车，车子仍原地不动。月氏王这才幡然醒悟：不属于自己的东西，是抢不走的。于是就地修造佛塔，供养佛钵。从此佛钵的故事便名扬天下。

法显四人朝拜了佛钵之后，坐在佛塔外面歇息。中午吃饭的时候，就见几个和尚把供奉的佛钵抬了出来，身后有七百个和尚"嗯嗯呀呀"地念着经。佛钵的容量不过二斗，黑黢黢的表面上，隐隐看到一些斑驳的花纹，而钵口外侧的四条边沿线则十分清晰。原来，当初四大天王都曾向释迦牟尼敬献了一只钵盂，为了不驳任何人的面子，他统统收下，把四只钵盂摞起来，施加法力按成了一只，所以钵的外侧才有四道边沿。

佛钵抬出来后，有人扔进一把米和一瓢水，不久就变成了满满的一钵粥，七百个和尚都来分吃，却怎么也舀不尽。法显等人也掏出钵盂，舀上粥吃，味道还真不错，就像精心熬制的香粥一样。

下午，法显主动同寺庙方丈协商，愿意留在佛钵寺内供养佛钵三天，以表达东土和尚的敬意。为此，他们一面化缘，一面用化缘来的香花和食物供奉佛钵。没想到，刚过去一天，随先遣队去那竭国的慧达，突然返回了弗楼沙国，在佛钵寺内找到了法显。他的到来，让法显既惊喜又意外。惊喜的是，在异国他乡，又见到了分别数月的教友；意外的是，他没有像约定好的那样，在那竭国等候，而是在这里出现了。

寒暄之后，法显又发现，到这里来的只有慧达一人，不由得问起："慧景和道整呢？他俩怎么没来？"

"别提了！我们到达那竭国不久，也不知道是水土不服，还是别的什么原因，慧景忽然生病了，病情一天天加重，当地的僧医也来救治过，效果并不明显。这不，道整留下来照顾慧景，我一人按原路返回找你，没想到在这里遇上了你们。"

法显跪在佛像面前，低声祷告了一阵，祈求佛祖保佑慧景平安。起身后，又问慧达："慧达，你不在那竭国等着我们，为什么要急着见我？"

"阿弥陀佛！"慧达念了一声佛号，面带愧色地说，"法显长老，怎么说呢，当初我和宝云、僧景等六人在张掖与你相见时，就说定，愿意陪着你到天竺来求取戒律，即使粉身碎骨也心甘。现在，我们的目的已经达到了。虽然目前还没有找到戒律经典，毕竟我们已到达了天竺。再说，为了戒律，留下太多的人也没有必要。这些日子我思谋良久，与其在这里苦熬着，不如把人再分成两拨，一拨留下来继续求取戒律，一拨人按原路返回故乡。是返是留，看个人意愿。"

"这么说，你想返回中原喽？"法显问。

"不瞒长老，离家乡久了，我确实有些想家，想我们的寺庙和寺庙的同行们。请长老谅解！"

　　"唉，各位为了东土律法，跟着我法显万里跋涉，几经生死，吃尽了苦头，扳指一算，已经三个多年头了。谁不眷恋故土呢？我也思念故土呀！可我是一定要留下来的，不取回戒律真经，宁死也不会回去。慧达，你的想法是完全合理的，你要是考虑好了，就返程吧。"法显一脸怆然，眼睛深陷着，脸上的皱纹似乎又加深了许多。

　　这时，宝云也接口说道："长老，我跟慧达是好朋友，一同出家，既然他想东返，我也得舍命陪君子了，正好搭个伴儿。"

　　僧景也说："我也思念家园了，本来是想取回戒律，同法显长老一道回去，但戒律真经到底藏在何处，至今不得而知。长老，我们好不容易来到天竺，依然四处游荡，不知脚落何方。眼下又无人供养我们，我们还得化缘度日，这样的日子不知何时是个头儿。我也不想再这样继续四处碰壁了。"

　　"好吧，既然这样，我们就兵分两路吧。休整几日，多化些干粮和川资，就可以动身了。等我取到戒律，就回到东土与各位交流。希望三位一路顺利，不要再遇上什么麻烦。阿弥陀佛，愿佛祖保佑你们！"

　　"阿弥陀佛，谢谢长老！长老年事已高，仍心诚志坚，是我们的楷模。愿长老多多保重，早日满载而归！"

　　人离家太久了，一旦有了归期，必将归心似箭，急不可耐。供养佛钵的日子一结束，慧达、宝云和僧景就踏上了回程的路。

送走了他们，佛钵寺内就只剩下法显和慧应两位异国的和尚了。

这几天，慧应一直没有说话，因为他此时也在病中。他得的是急病，身体高烧，又吐又泻。瘦弱的体质、旅途的劳累、多年的病根，加上水土不服，已严重地损害了他的健康。胡僧给他端来了药汤，虽然止住了呕吐，但高烧却一直没退，反而加重了他的气喘病。几天来，他满脸通红，张大嘴巴喘息，米水不进，虽受到百般照料，仍未能留住性命。就在宝云、慧达和僧景他们出发不久，慧应也离开了人世。

弥留之际，法显不停地为他祷告，祈求佛祖保佑他。慧应知道自己不行了，拉着法显的手，吃力地说："师兄，你是我最敬重的大师，我决心跟你走到底，完成取经大业。可是，我的身体太不争气了，总是拖你的后腿。现在，天不遂愿，又让我半途而废，不能陪着你往前走了。但是，不管怎么说，我是死在跟随你来天竺取经的路上，我已经知足了。只是往后你就少了一个同伴，多了一份孤单啊！"

"不要说话，静心安养。我给你念《普门品经》，保你平安吧。"法显安慰说。

可是，一遍《普门品经》还没有念完，慧应就合上了眼睛，把生命永远留在了异国他乡。

第十八章

≈≈

爬雪山慧景罹难

法显跟佛钵寺方丈商量后，按当地习俗将慧应火化掩埋，并举办了超度仪式。完成了一套法事活动后，法显望着慧应埋葬的位置，忽然悲从心来，满眼含泪，一股从来没有过的孤独感和失落感涌上心头。他手里端着一钵清水，刚饮一口，就发现自己那张皱纹纵横、枯老干黄的脸，在水中晃动。这让他忽然想到，自己已是一位六十六岁的老人了。一路走来，有不少教友左右相伴，转眼就落得形单影只，这让他百感交集，一脸茫然。他想，难道我们需要的东西，根本就找不到？不，肯定是有的，只是缘分未到，我们的努力还不够。如果再不抓紧，恐怕时间再也等不及了。想到病中的慧景，还有道整，现在就只剩下这两位同伴了，却远在那竭国，也不知他们现在的情况怎么样了？没有他们，一个年近古稀的老人，能不能完成求法大业，恐怕还是一个未知数。

想到这里，他默默收拾好行装，深吸一口气，跟佛钵寺僧人辞行，一个人孤零零地踏上了去那竭国的路程。他佝偻的身影，映在天竺乡下弯曲的小路上；他憔悴的面容，晃在天竺居民的眼睛里。在人生地不熟的异国他乡，法显特别感动于这里的人民，个个礼佛、敬佛，对僧人都是笑脸相迎，只要和尚有饮食住宿方面的需求，他们就尽量提供帮助，而对这副远道而来的黄色面孔，他们更是特别关照。他想：要是我中原各地也人人敬奉佛祖，信奉佛教，以善为念，以度人为目的，何愁不国泰民安啊。想到这里，又觉得身上的担子很重，道路还很长……

那竭国是一个比较大的北天竺国家，东西距离六百余里，南北二百五六十里，国内山高水长，道路艰险。大约走了十天，法显才到达那竭国最著名的城市——酰罗城。酰罗城在今天的阿富汗境内，因藏有佛陀的顶骨、髑髅骨、眼珠、袈裟、锡杖五件佛宝而成为佛教圣地。其中的佛顶骨方圆四寸，黄白色，下方还有孔。为了保存佛顶骨，城内不仅盖有佛塔，也建造了精舍，精舍用金箔装饰，精舍内置一座五尺高的金塔，佛顶骨就安放在宝石雕刻的圆座上，上扣一透明小塔，藏于金塔之内。那竭国国王非常重视对佛顶骨的保护工作，派了当地八家豪族共同保管，每家的代表各持一枚封印守护佛顶骨。每天一大早，八人到齐后才能打开精舍，取出佛顶骨。佛顶骨取出后，僧人们一起击鼓吹螺，集体朝拜，念诵经文。国王听到鼓螺声，亲自赶到精舍，以花和香供养。日日如此，从未间断过。除了国王，其他王公贵族、平民百姓，也把这些遗物视为国宝顶礼膜拜。

法显虔诚地一一朝拜了佛骨，供奉了香花，这才离开酰罗城，往都城方向行进。都城方圆二十余里，以佛齿塔、佛影窟等佛教圣迹而闻名远近。其中，城南山下的佛影窟最让人叹为奇观。洞窟就在一座石山下，四周寸草不生。法显早就听说，佛陀成佛前施法把自身的影像留在石窟内，观瞻者离影像十几步才能看清，近了反而看不到，国王曾派过许多画师来为佛造像，却总也画不好。法显专门上前观摩试验了一下，确实如此。不由得伏地叩拜，口念佛号，颂扬佛祖无量的功德。

一路拜望了圣迹之后，法显进入城中摩伽寺，见到了道整和病中的慧景。好友相见，既惊喜又感慨。慧景想起身相迎，被法显按住了。法显关切地问："慧景，你的病好些了吗?"

"好些了。我真担心见不到师兄了，多亏了道整的照料，也多亏了寺内僧医的调治啊。"

法显细看了慧景消瘦的身体、黄黑的脸和没有人色的嘴唇，又摸了摸他的额头，摇头道："还远远没有好透，须再静养一些日子才行。"

听说慧应已经圆寂，慧达、宝云和僧景三人因为思念故乡而起程回国了，慧景长叹了一声，悲哀地说道："师兄，北天竺的寺庙很多，僧人也众多，上至国王，下至百姓，普遍信奉佛教，这才是佛国的景象啊。只是，他们口诵的经文和教法，都是口口相传而流传下来的，连一本经书律藏也找不到，这一点还不如我们汉地。再往南去，就是佛祖的故乡，我推断，那里应该珍藏着这些珍贵的典籍，看来我们得继续往前走，去南部天竺求法才是啊。"

道整也为同伴的离世或辞别而心生忧伤，他说："剩下我们三个和尚，一定要早日找到经书，不然就太不值了！"

"嗯，你们想的跟我想的差不多。我也是这么认为的！"

慧景道："既然这样，我们就不要再耽搁了，明天就一起出发吧。"

"不，"法显打断他的话，"时间晚一点，并不让人担心。我担心的是你的身体。去天竺中部，前方要翻越一座雪山，并不比葱岭好走。你这样的身体，恐怕吃不消。眼下就到冬天了，得等到明年春天，天暖和后才能考虑出发啊！"

"师兄，我们离长安出发已经三年多了，再为我一人而耽搁行程，实在不值。再说，我的病不是已经好了吗？"

"你的病情只是刚刚得到控制，不能再冒险出发了。慧应就是因为一路劳顿，加上水土不服，才暴病而去。你是我西行天竺的左膀右臂，有你出主意、想办法，我很省心，我不能再失去你！无论如何，也要等到来年春天再出发。"

见法显的态度坚决，不容商量，慧景就不再说什么了。

在摩伽寺逗留期间，法显和道整分工，轮流照料慧景，也轮流外出化缘。当然，早晚功课和弘法讲座时，他们都会准时参加的。晚课后，他们还会跟寺内高僧倾心交谈。

冬天的季节漫长而又短暂。说它漫长，是因为他们南去的心情非常迫切，求取律藏的意愿非常强烈，而慧景的病情却恢复得那么缓慢；说它短暂，是因为他们从早到晚地忙碌，各负其责，一晃就过去了一天。开春以后，眼见着风清日丽、万物复苏，清新的空气充满了芬芳的味道，让人满怀着期待。这时，慧景的病情也得到了很大改善，能随着法显和道整参加寺内寺外的活动，加上又化缘了一些川资，购买了必要的旅行用品，万事俱备，只欠一声令下了。

慧景便主动提出了起程的建议。

法显观察了一下，说："你的身体刚刚有些起色，再调养一些日子就更好了。"

慧景道："因为我已经耽搁了很久，实在于心不忍。这些日子，我跟你们一样，没有一天不想早点到达佛祖的家乡，尽快求得佛法戒律。如今目的地只有咫尺之遥，如果因我继续耽搁，那将是我的莫大罪过。我的身体已经恢复得差不多了，坚持一下就过去了。"

看到慧景的态度十分诚恳，法显和道整只好依他。

三人起程南下，没走多久，就被小雪山挡住了去路，不得不翻越旅途中的第二道崇山峻岭。小雪山，属于今天的阿富汗贾拉拉巴德城以南的塞费德科山脉。法显和道整，带着病弱的慧景，背着干粮和行李，跟山坡面贴面地往上爬行，用了整整一上午的时间，把最陡峭的山坡踩在了脚下。爬过起点的北坡后，就开始绕行峰回路转的山岭和峡谷了。

小雪山冬夏皆积雪，虽然时令已进入了春天，可山上仍然寒风刺骨，路上冰雪坚硬，踩在雪地上"嘎吱嘎吱"直响。一阵阵寒风从垭口吹来，他们冻得瑟瑟发抖。他们赶紧添加一件僧衣，把脖子围住，继续赶路。好在这条山路人来人往，早已被踩出了一条牢固的雪道，不用自己寻路。

傍晚时分，气温又明显下降，有点扛不住了。他们在路边发现了一个雪洞，是往来行人过夜留下来的，里面还铺着一层薄薄的干草，便钻进去休息。精力充沛的道整，从雪地里揪出几把干草和树枝，在洞前的平地上点燃一小堆篝火，一边烤干粮，一边用钵盂烧雪水喝。

第二天一早，他们啃了几口干粮，盘坐祷告了一番，又出发了。

多日后的一个中午，他们开始正式翻越海拔五千多米的北瓦山口，这个山口地处巴基斯坦和阿富汗边界，是小雪山的最高处，穿过它，就是下坡路，到达中天竺指日可待。他们好不容易爬到山口上，却迎面吹来一股凛冽的寒风，他们冻得直哆嗦。特别是慧景，身如筛糠，上下牙齿碰得嘣嘣响，话都说不出来了。遗憾的是，他们没有准备棉被，所有的衣服都穿在身上，仍然不能御寒。坚持走了一会儿，实在走不下去了，只得在一个雪堆下止步歇息。

即使背着寒风，滴水成冰的寒气，仍然像刀一样割肉刺骨。只见慧景脸色青紫，浑身颤抖，瘦小的身体缩成一团。法显赶紧抱起他，拥在自己怀里，呼唤他的名字。

"慧景，慧景，坚持住。阿弥陀佛，佛祖保佑慧景啊！"法显哆哆嗦嗦地说。

慧景吃力地说道："师兄，我怕是活不下去了。你们就别管我了，让我一人留下来吧。如果你们不走，迟早也会冻死在这里，一个人也走不掉啊。"

法显难过地说："慧景，我们取经的愿望还没有实现，你怎么能早早往生呢？我离不开你，你必须活着呀！"

慧景费尽气力地喘着大气，又说："虽然我还没有看到戒律真经，但我毕竟跟你一起，走了这么远的路，看到了路上的奇妙胜景，还看到了佛祖留下来的许多圣迹，我已经知足了。师兄，我已经五十多岁了，而你也年近古稀，都不是身强力壮的人，时间不等人，不能为某一个人而再耽搁大事啊……"

然后，又对道整说："道整师弟，我留在这山巅上，正好看着你们去取经。现在，就剩下你来陪着师兄了，你比我年轻，一定要坚持到底，不能像我一样半途而废啊！"

"慧景师兄！"道整哽咽，不住地点头。

"道整，你来抱着慧景，我给他祈祷。"法显说。

道整紧紧地搂着慧景，贴在自己的胸口前。法显则盘坐一边，用颤抖的声音默念着经文，祈求佛祖保佑慧景平安，保佑他们一行三人顺利到达佛祖的家乡。

"师兄，别念了！"道整忽然呜咽起来，"慧景师兄身体已经冰凉了，他往生了！"

法显睁开眼睛，一下子抱住慧景，失声痛哭，老泪纵横，难过得喘不过气来。

他从没有像今天这样伤心过！

法显和慧景同修多年，深知他佛学造诣高深，离自己并不太远，为人又稳重、厚道、虔诚，一心向佛，任劳任怨。自长安出发西行，慧景同自己最有共同语言，出了很多主意，能心往一处想，事往一起做，简直就是自己的得力助手。多年的好友，如今在这荒山野岭中阴阳两隔，法显怎能不悲从心生。想到从长安出发的四个同伴，一走两亡，而取经的事尚没有着落，他又怎能不悲痛欲绝。

"呜呜，佛祖啊，弟子法显修道不深、志大才疏、无能无德，才落得今天一事无成，请你惩罚弟子法显一人，保佑别的弟子平安吧！"他捶胸顿足，再次哽咽失声，混浊的老泪滴滴答答地掉落下来。

第十九章

瞻圣迹沐浴佛光

痛哭之后，法显和道整感到自己也开始冰凉了，手脚止不住地发抖。法显看了一眼莽莽雪山，对道整说："我们就将慧景葬在雪下吧。"

道整点点头，两人便开始用僵直的双手扒开身边的积雪，把慧景抬到雪坑里，再一把一把捧起雪粒，覆盖在慧景身上。不久，路边就耸起一座雪坟。两位和尚嘟嘟嚷嚷地念起经文，为慧景做了一个简单的法会，然后彼此注视了一眼，背起行李，踏着白雪，又开始了自己的征程。

走走歇歇，也不知走了多久，当他们到达小雪山之南的罗夷国——今天的巴基斯坦白沙瓦市拉基县时，就已经是初夏了。中天竺是佛教的发源地，也是印度佛教文化最为丰富的地区。在这里，法显就像久旱的禾苗，畅饮着佛祖洒下的甘露。他一边观察着天竺诸国的风土人情，一边遍访佛教遗迹，不放过一个与佛有关的地方。每到一处，都虔诚地走进寺庙，同异国教友们倾心交谈，感受佛祖的感召力。

在罗夷国"夏坐"后，二人南下走了十天，到达西南部的跋那国，即今天巴基斯坦中部的腊江腊尔，又东行走了三天，再次渡过印度河，到达毗荼国。毗荼国，就是今天的巴基斯坦乌奇县，这里距离今天的印度与巴基斯坦边境已经很近了，也就是说，离佛祖的家乡不远了。让他难以忘怀的是这里的佛教文化积淀那么深厚，不管是信大乘教，还是信小乘教，教徒们都彼此毕恭毕敬，相互尊重。法显和道整也融入其中，以一个外来和尚的诚心和恭敬，面对这里的教徒和俗众，并用还不太熟练的简单梵语，同他们交流，向他们化缘。

"看你们的样子，黄皮肤、黑眼珠，是北方来的和尚吧?"一些人好奇地前来围观。

法显比画着，说道:"我们来自东土长安，已经走了三四年了，才到达佛祖的故乡。"

"哎呀，真是了不起呀!"人们既惊喜又钦佩，不由得奔走相告，传为神话。

僧侣们也感到不可思议，既同情又怜悯地说:"我们的佛法真是伟大，连那么遥远蛮荒地方的人都虔诚为僧，一心向佛，并不远万里来我佛国求法，真让人自豪啊!"

他们大概还不了解中华文明，跟自己国家的文明一样，深厚而久远。于是，僧侣们盛情邀请他们到自己的寺庙，用隆重的礼节欢迎他们，慷慨提供生活用品，满足他们的一切要求。

这时的法显，心情渐渐好起来，失去同伴的悲伤和一事无成的担忧，渐渐无影无踪。因为他不仅亲身感受到佛国上下对出家人的尊重和友好，也发现自己一路顺畅，地势开始平坦开阔，再也没有险恶的山水阻挡自己的行程了。而且，这里气候温和，寒热适中，没有霜雪，人民殷富快乐，简直就是人间的乐土、自由的天堂。于是，他便一心一意地考察起风土人情，向当地僧人学习佛经戒律。

两人日夜兼程，边走边看，于公元404年夏天到达僧伽施国。僧伽施国在今天的印度卡瑙季的西北部，相传它的都城是释迦牟尼为母亲说法后，从天堂回到世间的地方，因此那里矗立着一座著名的阿育王石柱。法显和道整膜拜了阿育王石柱，就在龙精舍住下，完成了西行以来的又一次"夏坐"。随后，又先后到过罽饶夷国、沙祇国、拘萨罗国，来到佛教的著名圣地——拘萨罗国的舍卫城。

舍卫城在今天的印度北方邦境内，城外有一座赫赫有名的祇园精舍，传说释迦牟尼在这里讲经说法前后达二十五年之久。法显和道整刚刚膜拜完毕，这里的僧人就主动来同他们交谈，知道他们从中原汉地远道而来，行程数万里，不由得齐声赞叹道："我们从师父的师父传到今天，就从来没有听说有汉地的僧人到过这里，可见你们就是第一人呀！"又热情地邀请他们进寺庙休息，悉心款待，赠送生活用品。

法显不失时机地问："请问，贵地名刹不少，为什么都没有藏经阁？佛祖的经书律藏一般去哪里才能看到？"

当地僧人回答：离这里不远，有一个摩揭陀国，都城巴连弗邑堪称是世界佛教的中心，佛事极盛，高僧颇多，还建有天竺最大的佛教寺院，是佛学的最高学府，那里应该有你们需要的东西。

这些僧人还告诉他们，由于天竺的经文都是写在贝多罗树叶上的，刻录经书比较费力，佛祖的经卷自然很难流传，一般都是口口相传。

不过，他总算打听到了一个城市——巴连弗邑，那里建有天竺最大的寺院，也是最大的佛教学府，那里应该有自己所需要的东西。听到这些消息，年迈的法显不由得眼睛一亮，精神大振。

"哎呀，没想到那里还有佛教学府，聚集了世界最著名的高僧大德，看来我们这次远道而来，实在是值得的呀。"他和道整相视一笑，感到由衷的欣慰。

法显和道整从舍卫国继续起程，朝心目中的目的地——巴连佛邑行进。一路上，他们先后又游历了释迦牟尼的祖国——迦毗罗卫城，以及佛教的四大圣迹：释迦牟尼的出生地——蓝毗尼花园、佛陀的涅槃处——拘尸那竭、佛陀的悟道处——菩提伽耶、佛陀初转法轮处——鹿野苑。这四处之所以被称为圣迹，是因为它们分别代表了释迦牟尼一生中的四个最重要的事件。无论行程如何紧迫，这几处圣迹是不能错过的。如果连佛祖的故地都擦肩而过，不仅是对佛祖的不尊重，也是自己一生的大憾事。对于远道而来的法显而言，朝拜这些圣迹，还有助于他们进一步了解佛祖一生的丰功伟绩，把传说中的佛祖，变成实实在在的精神偶像。

释迦牟尼是公元前六世纪迦毗罗卫国净饭王的儿子。他的母亲摩耶夫人在经过蓝毗尼花园时生下了他，给他起名悉达多。母亲产后不久就死去了，由姨妈波阇波提夫人养育长大。悉达多从小聪明好学，掌握了文学、哲学、算术等方面的知识，又学过武术、射击、骑乘，可谓文武双全。净饭王对这个王子寄予了厚望，盼望他长大后继承自己的王位，成为能统一天下的"转轮王"。

但是，悉达多不仅聪明好学，也善于思考。随着年龄的增长，他身边所发生的许多不公平现象，引起了他的深思：为什么农民又累又渴，还要在烈日下劳动？为什么耕牛累得大喘粗气，还要埋头犁地？为什么大自然的动物会弱肉强食？人的一生会遇到许多苦痛，这苦痛到底能不能解脱？他带着这些疑问，读遍了所有的书，都没有找到答案。他想：找不到这些问题的答案，即使将来当了国王，统一了天下，又有什么用？于是，他产生了出家的念头。

父亲净饭王发现了儿子的心思后，千方百计地阻止他出家，还给他娶了妻子。但这并没有让悉达多回心转意。一天深夜，他一人悄悄出城，换下王子的衣服，剃去须发，成为一名修道者。

净饭王多次劝说无效，只得派了五位亲属跟随他修行。悉达多带着随从寻访了一些著名学者，还是没有人能解答他提出的问题，便一个人走到一棵贝多罗树下，面向东方跏趺而坐，许下誓愿说："如果我不能大彻大悟，宁可在这里粉身碎骨，也不要再站起来！"就这样一直坐在树下思索解脱之道，终于在一个晚上战胜了最后的烦恼，获得了彻底的觉悟，成为佛陀。从那时起，贝多罗树就叫菩提树，意思是"觉悟的树"。释迦牟尼成佛的地方，就是菩提伽耶。

释迦牟尼成佛后，开始向人宣示自己证悟的真理，首先在鹿野苑向五位随从讲法，使他们大彻大悟、皈依出家。佛教把这第一次的说法，叫作"初转法轮"。"法轮"的意思是，佛法一出，一切不正确的见解都被破除无余。

初转法轮后，佛陀就带着弟子们从鹿野苑到摩揭陀国去，足迹遍布恒河流域。一路上又教化了许多人，使他们皈依佛教，甚至还有一千多人组团加入。到了摩揭陀国都城王舍城后，加入僧伽的人更多，包括他的姨妈也成了第一位女出家人。在他的弟子中，著名的有大迦叶、舍利弗、目犍连、阿难陀、优婆离等。至此，佛、法、僧这佛教的三宝已具备，佛教正式形成。此后，他继续在中印度一带四处游走，教化众生，直到八十多岁在拘尸那竭圆寂。

这就是佛陀一生中的四个传奇故事的概况，也是他人生中的几个重要转折点。

几百年后的今天，佛门弟子法显怀着崇拜的心情一一踏访了佛陀当年走过的路，一边参拜一边思考着佛陀当年的所作所为，用心感受着佛陀的心路历程，不由得为这位古代圣哲追求真理、宣扬教法的一生而感慨万千，心生无限的崇敬。从佛陀身上，他想到了自己：三岁出家，毕生虔诚地信奉佛法，愿以佛法精神普度众生、教化民众，让天下成为和平安定的天下，让天下人"诸恶莫做，众善奉行，自净其意"，让人生没有功利、不生烦恼、一心向善。为此，他奋斗了六十多年，走遍了天下，耗尽了心血，如今又为寻求戒律真法而不远万里，到达异国他乡。这种为理想而孜孜以求的经历，与当年的佛陀何其相似！不同的是，佛陀终于大彻大悟，创立了佛教，让千千万万的人皈依佛门，解脱了烦恼，终成佛祖；而自己呢，却仍在路上，不知何日才能实现求取真经、惠及东土的目标。

想到这里，法显感到自己任重而道远，还远远没有达到功德圆满的地步。但他相信自己的责任神圣而光荣！他抬头望一眼南方，花白的胡须抖了抖，干涩的眼眶流下了两行老泪。他真想把自己心中最大的意愿说出来，说给佛祖听。但他双手合掌，面对着佛祖的金身，千言万语却只化成一句苍老的声音——阿弥陀佛！

第二十章

≋

习经律硕果累累

公元 405 年，法显和道整在遍访中天竺各国的佛教圣地后，蹚过天竺第一大河——恒河，正式进入摩揭陀国的都城——巴连弗邑，入住巴连弗邑的大乘寺，成为这里的研习僧人，开始了长达数年的求法修行的生活。此时，自长安出发以来，他们已跋涉近两万里，花费了六年的光阴。

这里不愧是世界佛教的中心，不仅有天竺最大的佛教寺院，也有佛学的最高学府，每年吸引了来自天竺各地求法修行的信徒，而黄皮肤、黑眼睛的法显和道整的到来，也成了这所最高学府的第一批汉地学员。这让法显感到不虚此行。开始，他们还担心自己是不是有资格到这里来进修，但很快就发现，在佛光的照耀下，这里处处充满了慈善和友爱。巴连弗邑是当时的大城市，人民富裕，文化繁盛，所有的贫穷者、孤寡者，都会得到救助，生病的人，也能得到布施和供养。老百姓虔诚地信奉着佛教，不论大乘教法还是小乘教法，在这里都十分发达。在街道和建筑物上，到处都洋溢着佛祖的光辉；在人们的言谈举止和欢声笑语中，也无不打上礼佛、敬佛的印记。居民对外来的游方和尚都是友好接待，愿意提供各种帮助，寺庙更是免费供养，提供各种礼佛、事佛的便利，直到他们自愿离开为止。

法显入住城外的大乘寺后，给安排了饮食住宿，由专人引导他们熟悉寺内事物，参与集体功课和法事活动。最让他们意外的是，他们很快就聆听到了最负盛名的大乘学者——罗沃私婆迷大师的讲座。这位大师就居住在大乘寺内，是一位德高望重的僧人，受到国王的供奉。想深造的佛门弟子，都要拜访大乘寺，在这里研习佛法，并聆听罗沃私婆迷大师的讲解。由于他的造诣很深，讲解佛法深刻精到，在信众的心目中，就是一位活着的佛。在第一次听讲中，法显就感受到他深厚的佛学功底和深入浅出的语言功夫。只是他们对书面语言还是一知半解，只能从他的表情、语气和其他信众的反应上明白个大概。

听了大师的多次讲解后，法显决定登门拜访。

罗沃私婆迷已经知道大乘寺里新来了两位外国和尚，语言不通，肤色有异，而且年纪最大的已近七十高龄。听说他们来访，立即施礼迎接，客客气气地把他们请进客室。

法显见大师如此随和，也就放下了局促不安的心。

大师微笑地看了法显和道整一眼，说道："二位法师远道而来，真是辛苦啊！"

法显用磕磕巴巴的梵语回答："虽然不远万里，但来到佛祖的故乡拜谒，又见到大师的风采，也是三生有幸。听了大师的弘法，更是百听不厌，受益匪浅啊！"

"不要客气，法师有什么见解和感悟，也可以说出来与大家分享。我们研习佛法，不光要学习，也要研究，为的是能够精确解法，体悟佛法的精髓。你们来到这里，不妨安心住下来，多多研习佛法，毕竟这里有最完备的佛经典籍。"

法显连忙称是。

罗沃私婆迷又问："你们那个国家怎么样啊？是不是像传说的那样贫穷偏远、是一个蛮荒之地？"

法显摇摇头，道："我们国家历史悠久，汉文化非常发达，技术也很先进。例如，我们几百年前就开通了与西方的通商之路，把国产的丝绸等贵重物品运往世界各地，又把西方的物品带回国内；我们还发明了造纸术、毛笔和墨汁，把文字写在纸上，装订成册。"

"哎哟，真是了不得呀！以前我们都是孤陋寡闻。"

大师频频点头，对其中的造纸术很感兴趣，当他明白纸张是由稻草、枯叶等废弃物制成的时，更是赞不绝口："没想到贵国还有这么好的纸张和书写方法。不像我们天竺，只能在贝叶上刻字，很费精力呀。"

大帅继续问："那么，你们那里的佛法传播情况又怎么样呢？"

一听这话，法显不由得黯然神伤，谈到了自己此行的目的："佛法东传三百多年来，有信众无数，寺庙遍布各地，还产生了佛教中心和佛学大师。虽然无数同道秉承佛祖的教诲，为普度众生而四处游走说法，可是，人民并没有沐浴在佛的光辉里，依然过着痛苦的生活。原因是国家的命脉掌握在争王夺霸的人手里，为了称王称霸，他们不惜频繁发动战争，把无辜的老百姓拖入战乱之中；加上僧团林立，而佛法东传多是口口相传，佛经典藏相当有限，特别是律藏方面的著作，几乎空白，造成僧团之间各行其是，各自解法，十分混乱。我们这次来到佛祖的故乡，一是拜谒佛祖圣迹、学习正统的佛法，二是寻求原始的佛法戒律，以统一规范我东土弟子的行为，让佛法走入正途。"

罗沃私婆迷好不容易听懂法显的意思，感慨道："是啊，戒律不统一，确实不是好事。"

他站起来，从经房里抽出两本书，一本是《摩诃僧祇律》，一本是《萨婆多众律》，交给了法显，说道："这是个人收藏的律藏，可借给你们研习抄录。大乘寺内藏经丰富，都是最原始的佛法经典，你们也可以找来研习。"

法显看了一下封面，全是梵文。不过，当初在长安护国寺内，他参与过道安大师组织的翻译工作，也认识一些梵文文字，后来在西域，还学习过梵语。他把两本经书简单地看了一眼，脸上不由得光芒四射，回头对道整说："《摩诃僧祇律》，据说是佛祖在祇园精舍居住时定下的，佛教中的各个门派必须共同遵守。目前，我国只听说有这么一部戒律，却从来没有引进过。还有这部《萨婆多众律》，也就是《十诵律》，这是我们汉土僧众通行的律法，都是由天竺僧人和西域僧人口授相传的，原先一直没有完整文本，现在我们终于见到了梵文原本。这才是我们需要的宝贝啊。"

道整接过经书，也是爱不释手，如获至宝。

他们赶紧谢过大师，起身告辞。回到自己的房间，翻开刚刚得到的经书，一字一句地精读。只是上面有许多文字还不认识，难以完整地理解。

"道整，恐怕我们得多待一些日子，需好好跟人家学习梵文。否则，即使我们把经书带回国去，那也是睁眼瞎呀。"法显说。

"那还用说，我已经做好了长期住下来的打算，"道整嘻嘻哈哈地回答，"反正也没有人赶我走，我想待多久就待多久。"

"不能这么说呀，"法显道，"戒律经书越早带回国内，越能早点整治佛门的乱象。时间不等人，年龄也不等人啊。"

"那我们就一边抄录一边学习梵文呗。"道整性急地找出一支铁笔和一摞贝叶，就要往贝叶上面刻字。

"你要么性子慢，要么性子急，这样不好。"法显说，"我打算一边学梵文，一边研习这里的所有经书，并抄录我们没有见过的律藏。就是抄录，也要有完整的计划和经目，不然就乱套了。"

"师兄说得也是，以后就听你安排了。"

法显同大乘寺住持商量，谈了自己的打算，并要求提供铁笔和贝多罗树叶纸。贝多罗树，就是释迦牟尼悟道的树，它的叶子，又叫贝叶，在没有造纸术之前，一直是天竺各国的书写纸；贝叶上的字，不是印上去的，也不是写上去的，而是用铁笔刻上去的。具体操作流程是：采来贝叶，水煮、晾干后，把叶片两面都磨光，并裁成一定的宽度和长度，摆好待用。用时，用带尖的铁笔，将文字刻写在上面，再把油和煤烟的混合物涂抹在字迹上，用热沙拂拭，将文字染黑。最后，在贝叶上打个小孔，用绳装订成册。这样的贝叶书，既能防潮防腐又能防虫，百年不烂。

贝叶和铁笔，寺院里有很多，都是施舍而来的，这不是问题。贝叶经书由于比较珍贵，不轻易示人，但允许信众进入藏经阁阅览和抄录。

法显最需要解决的，就是先过好语言文字关。为此，他们在寺内利用一切可能的机会，向本地僧人们学习梵语，了解梵文的发音、字义和语法，用梵语同僧人交流；外出时，也尽量用梵语同当地居民交谈，加深印象。

一边读经一边学习梵文，是他们最常用的学习方式。当一篇梵文读懂了，文字本身的含义也就掌握了。虽然在年龄上，他们没有优势，但不断地学习和温习，是克服记忆障碍的良方。这是他们从小进学堂时的"笨"办法，但特别管用。日常生活中，除了早晚功课和法事活动，他们待得最久的地方，就是阅经室，这里有数不清的经书和论书。

当一部经书读完了，他们就开始操起铁笔抄录。一笔一画地刻写，确实是一件耗费精力的事。法显最先刻写的，就是《摩诃僧祇律》和《萨婆多众律》，他觉得这么重要的经书，必须由自己一字一句地刻写，以免出错，并一字一句地领会其中的深意。此后又重点搜求经律论著，找到了《方等般泥洹经》《杂阿毗昙心论》等律藏，一共是六部，一边研读，一边抄录。

伴随着恒河的日升日落，法显的学业在日益精进，而律藏经书也在耗费了无数个深夜和黎明的时光后，全部抄写完毕。

法显从这些难得的经书律藏中，见到了他从不知道的内容，找到了当初受到争议的问题的答案。他时常对道整谈起自己的体会：

"还是道安大师学识渊博，能按照佛法精神延伸我们所不知道的内容。一查经书原典，确实是这样的。"

"许多僧团对道安大师制订的轨范不服，认为是道安约束自己门徒的，不符合佛法原始教义。要是有了这部原始戒律，他们就无话可说了。"

"道整，你看这部《十诵律》，当初从西域僧人口传翻译出来的，有许多并不完整，一些细节上还有不小的出入。我手上的这部经文是最完整的呀。"

　　总是这样怀着惊喜、怀着期待，法显不知疲倦、夜以继日地投入到大量经书的研习中，不时地小有收获，积累起来就成了大收获。他感到自己对佛法的理解更精到了，对教义的掌握更全面深刻了。他还依据这里的经目，制订自己需要的经目，有计划地学习和抄录国内所缺少的那部分内容。

　　这样的生活，这样的收获，才是法显最需要的，也是他最感到幸福和快乐的。他早忘记了自己已是一个七十岁的老人，反倒像是一个初入佛门的小沙弥。

第二十一章

〰〰

返东土道整却步

在大乘寺，法显和道整一待就是三年。

三年的修行，三年的习法，三年的抄经，让这三年变得很短，好像不知不觉中就过去了。如果不是看到他们亲手抄录的经书摞了一小堆，他们还以为这三年的时间停滞不前了呢。

看着眼前的律藏经书手抄本，法显知道自己到了该离开的时候了。他心里明白，中土的同行们正急切地需要这些佛法来整顿佛门次序，以正纲常，这也是自己此行的目的，时间已经耽误得够久的了。

他把自己的想法告诉了唯一的同伴——道整。如今的道整，身体发福了，脸上红润了，行动也变得迟缓了，当然佛法造诣也大有精进。他听了法显的话，脸上掠过一丝不易觉察的苦笑，说：“师兄，我的长老，反正你需要的律藏已抄录完了，还有我国没有的经书也抄录了不少，我们正好出去走一走吧。

这几年，我们多数时间待在寺院里，潜心习法、录法，还没有好好到外面透透气呢。"

法显笑着说道："是啊。马上就要回国了，不妨再走一走，欣赏一下这里的风光，看望一下熟识的教友，好给我们的这场修行画个圆满的句号吧。"

他们穿行在热闹繁华的巴连弗邑大街，看见街上往来的僧人们时不时地向路人行礼，行人也客客气气地还礼。人们各行其道，步履随意，节奏缓慢，既听不到嘈杂的声响，也听不到吵闹和争执之声。人人脸上安详平和，不管是穷的，还是富的，都似乎乐意接受自己现在的生活，很知足。

法显和道整也客客气气地向人们致礼，把佛的祝福传递到每一个角落。遇到年老病弱者，就去搀扶一把；遇到突发疾病的人，就走上前去尽力施救，或念诵经文，祈求佛祖保佑。

他们还到附近几家寺庙去参观、礼佛，受到热情接待。其中与他们相识的教友，更是前后陪同，给他们解说本寺的历史和引以为豪的典故。在这里，他们看到僧众的一举一动都遵照礼仪，仪表服饰整齐干净。不管是吃饭，还是参加法事活动，都规范有序，没有一个僧人违背法度，或自作聪明地做出一些出格的动作，参禅拜佛也都毕恭毕敬、十分虔诚。

一天早上，他们路过了恒河岸边。三年了，他们还没有好好欣赏恒河的日出。恒河的日出，据说非常壮观：太阳把它的影子投进恒河内，恒河水被一点点染红、扩散，映照着人们的脸。当年的佛陀，就是在恒河两岸来回穿行，专心讲道的。他们望着缓缓流动的河水，凭吊圣人当年的足迹，脸上充满了敬仰。在太阳的光影下，两岸的居民走进河中，要么洗漱，要么取水，或者撩起一片片白色的水花，洒在对方身上，形成一帧帧光与影的组合，呈现出一派祥和的景象。

四月八日，是佛诞日，巴连弗邑要举办一年一度的"行佛"仪式。同于阗国的"行像"大典不同的是，活动只办一天，从早到晚众人抬着佛像在大街上游行，最后把佛像停放在王宫内，供官员朝拜。这一天全城僧众倾巢出动，一起迎送佛像，虽万人空巷、人山人海，却又有条不紊、平稳有序。大家簇拥着佛像载歌载舞，唱着佛歌，走遍大街小巷。队伍走过后，街面上依旧干净整洁，依旧路不拾遗、夜不闭户。

在外面走动了数日之后，他们又回到大乘寺。道整开门见山地问："师兄，经过这几天的出行，你有什么感触没有啊？"

法显想了想，说道："道整，我明白了你的意思。你是想告诉我，这里国泰民安、尊卑有序、怜老惜贫、佛光普照，而出家的僧侣又遵循着统一的规范，专心修行，简直就是一个天堂之国。我何尝不盼望我们的祖国也出现这样的局面，这也正是我们出家人追求的理想社会啊。既然这样，我们就早点起程，为实现这个目标去努力吧。"

道整摇摇头，请法显坐下。一向诙谐的他，突然变得无比严肃，说道："师兄，你没有明白我的意思。我们毕生追求的佛光普照、国泰民安的国家，就在眼前啊。我们为什么要离开已经实现了这个目标的国度，回到那个戒律残缺、僧徒修持难得要领的国家呢？"

法显吃了一惊，尽管他看得出道整一直很留恋这个理想的佛国，但绝没想到他竟然乐不思归。他提高了声调问："你是说，你想留下来，不回东土？"

道整重重地点了一下头："阿弥陀佛，请师兄原谅，我已下定决心留在大乘寺。出家人既已出家，就以天下为家，哪里有佛，哪里就是出家人的家。留在哪里，不都一样侍奉佛祖、普度众生吗？所以，从今往后，直到证道，我愿生生世世不再待在那个法外边远之地！"

"你说自己的祖国是法外边远之地吗？"法显有些激动了，"如果以天竺为中心，我东土固然是边远之地；如果以东土为中心，天竺亦是边远之地。正是因为东土佛法还不完整，我们才千辛万苦来求法。今天我们已求取了戒律，本应带回去，用以规范佛门弟子，完善佛法教规，推行正统佛法，以己之力拯救还在遭受战祸的中原百姓，实现一个佛光普照的理想世界才是，可你竟然中途却步，这让我很意外、很伤心啊！"

道整见一向平和的法显有些愠怒，只得念了一遍佛号，用委婉的语气，向法显做进一步的解释："师兄，你还记得我们在东土时，外出弘法的情景吗？尽管我们与世无争，一心向善，但那些官兵呢？那些土匪呢？那些乱民呢？他们趁乱起哄，第一个打劫的目标，就是我们出家人啊。因为我们不会反抗，只会念佛。虽然我们身无分文，只有化缘得到的一点点口粮，就这，他们也要抢去。我们僧人的尊严和善意，有多少人理解和尊重过？反观这里，僧侣的地位何其高、何其受人尊敬！即使普通俗众，也视佛为救星。一个全民信佛的社会，怎能不国泰民安呢？"

道整唏嘘了一声，继续说道："在战乱年代，许多寺庙里的和尚为了生存，居然也无视佛门教义，与官匪勾结，为害一方，让我们这些虔诚之人寒心啊。为了争取霸权，国家之间战火四起，杀人无数，尸骨遍地，让人惨不忍睹。我真的不想再见到一个相互残杀的国度，不想再面对号啕痛哭的百姓，也不想生活在一个四处逃难的社会里。"

"阿弥陀佛！"法显双手合十，心情沉重地说道，"道整，你说的这些，我何尝没有想过。正是因为你所描绘的现实，存在于我们的国度，我们才义不容辞地要去改变它。作为出家人，使中原佛法归于正统，才是我们的职责。国泰民安的路虽然很长，如果没有人去奋斗，恐怕永远也达不到啊。"

"师兄，作为你的同乡和同修好友，我还是要劝你一下，你也留下来吧，我们俩就在这里修行成佛。不为别的，想一想我们来时的路，趟了多少沙漠，翻过多少大山，受了多少苦难！当初我们一行十一人，死的死，失踪的失踪，中途返程的中途返程，现在只剩下我们二位，真是沙里淘金、九死一生。如果再往回走一程，师兄啊，怕是还没有回到东土，就魂归西天了。至于拯救国家和百姓，凭你我之力，真是微不足道。别忘了，你已经是垂老之年，再考虑一下吧。"

"不错，我是七十岁的老人了，心力正在衰竭，生命行将结束，又何尝不想留在天竺，证道成佛呢？但是，我们梦寐以求的佛法戒律就在手中，却因为贪生怕死而不愿意带回去，对于我是万万做不到的啊。道整，你不用再说了，人各有志，你对我们的国家深感失望，即使老死在这里，也不想回去，我能够理解。也罢，就让我一个人回国去吧。"说完，法显已是泪流满面。

道整见说不动法显，只好叹了口气，合手道："既然这样，我不勉强师兄。只愿师兄的归途顺利，早返东土，光大佛法，实现自己的宏愿。我会在这里天天给你诵经，祈求佛祖保佑你。阿弥陀佛！"

"阿弥陀佛，也祝你早日悟道成佛。"法显也恭敬地还了一个礼。

两人的正式谈话结束之后，法显便做回国前的准备。此时已是公元407年，离法显从长安出发西行天竺已有八个年头了。

他先去向大师罗沃私婆迷辞行，并归还《摩诃僧祇律》和《萨婆多众律》原本。这三年来，他聆听了大师的无数说法，受到了很大的启发；也多次陪同大师去其他寺庙弘法，继续聆听大师的高论，进一步参透佛法的要领。他知道以后再也听不到大师的讲解了，不由得心情郁闷。罗沃私婆迷也很留恋法显，但理解他回家弘法的心情，便把法显归还的两本律经，又赠予法显，并祝他一路平安。

法显又同大乘寺的僧侣们一一道别。这几年，因为他们不厌其烦地教梵文、不遗余力地提供多方面的便利，法显才得以提高佛学境界，抄录了大量珍贵的佛经原典。教友们请他跟道整一起留下来，被他婉言谢绝了。

于是，就在一个安静的早上，法显在寺内做完早课之后，背着自己抄录的经书和行李，默默地走出了大乘寺。给他送行的只有道整。与这位同乡一再施礼道别、互祝平安后，他孤身一人走进了巴连弗邑旷野的晨光里，像一个无依无靠的孤独老人，步履蹒跚。

然而，要回归万里之遥的祖国，这对一个古稀老人来说谈何容易。十年前的西行之路上，有同伴随行，穿越了重重天险，他才九死一生来到佛国。而如今，这个携带着经卷的老人，没有了随行人员，只身一人又该怎样才能顺利返回遥远的故土呢？

法显望着前方的路，心里充满了疑虑，两眼一片迷茫。

第二十二章

〰

寻海路港口驻足

　　在巴连弗邑的街道上，他一边走着，一边想心事。不得不承认，他的脚步，已没有来时那么坚实，身板，也没有当初那么挺直，脸上的皱纹也比来时更多更深了。走着走着，他"哎呀"了一声，身子朝前倾去，并重重地跪在了地上。原来，他的一只脚，绊在一块突起的石头上，摔了一跤。他一扭身坐起来，感到膝盖骨钻心地疼痛。

　　这时，有两个当地居民跑了过来，把他拉了起来，并询问伤情。

　　法显施礼，向他们表示由衷的感谢。

　　疼痛并不影响他的行走，他继续迈开自己的步伐，艰难地向前走去。但他的心思却沉重起来。他的脑子快速闪过当年的西行之路：高空摇摆的索桥、透彻骨髓的寒风、整日炙烤的沙漠……每一道关都是鬼门关，时刻都能吞噬行人的性命。当初，有同伴相互照应，也只能勉强通过，如今一个人要翻越高山雪岭、穿行茫茫沙漠，无疑更是凶多吉少！如果自己命丧中途怎么办？自己的性命事小，好不容易求取的律藏经书，也会毁于一旦！果真如此，不仅自己多年的心血付诸东流，东土佛法依然是残缺不全，这才是大事啊！当初离开长安护国寺时，多少教友为自己送行，千叮咛、万嘱托，希望他们早日满载而归。要是自己有个意外，岂不辜负了大家的期待。可是，归国的路到底在哪里呢？怎样才能走过这漫长艰险的路程，回到阔别已久的故乡呢？

正在这时，一个熟悉的外乡口音传到他的耳朵里。他扭头一看，是一个打扮有异于天竺人的"外国人"，长相跟天竺人相似，说话却杂带西域的口语。他仔细打量了一下，这个有西域口音的人，是一个商人，正与一位天竺同行交谈，虽然一直在说梵语，却掩饰不住西域人那独有的腔调。

法显面向他们，仔细打量。当西域商人谈完话，就要离开时，他快步走上前去，用梵语大声说："施主，请留步！施主，请留步！"

西域商人愣住了，回头问："高僧，你找我吗？"

没等法显答复，西域商人又惊叫道："啊，你是东土汉人吧？"

"阿弥陀佛，你是怎么知道的呢？"法显倒有点奇怪了。

"你的长相，黑眼睛、黄皮肤，就是地地道道的东土汉人啊。这可是我第一次在天竺遇见中原人!"

"嘀嘀!"法显也忍不住笑起来。

两人用流利的梵语进行了交谈,彼此通报了名姓(法号)和到天竺来的目的。法显很想知道他什么时候回西域,好彼此搭个伴儿。西域商人却说,自己暂时不回西域,但如果法显想回到中原汉地的话,应该走海路更加方便。

"海路?"法显还是第一次听说有海路能直达中原故国,连忙询问详情。

原来,早在汉武帝时,中原地区就国家强盛、经济富庶,堪称世界之最,朝廷先后两次派遣张骞"凿空"西域,开辟了横跨亚洲大陆的陆上商路,把汉地的丝绸带到西方,最远到达地中海东部一带,极大地提高了汉王朝的声威和影响力。但是,陆路交通开通以来,并不顺畅,主要是因为容易受匈奴等部族的侵扰和掠夺,加上道路崎岖,不好通行,于是,汉武帝又寻找南海对外交通与贸易的渠道,从而开辟了海上通商之路。这条海路抵达印度洋的孟加拉湾、印度的马拉巴海岸和斯里兰卡,这些地区便是汉朝中国商人与地中海地区罗马商人进行贸易交往的中转基地。魏晋时期,海上商道继续向前拓展。例如,三国时期的吴国国王孙权,就曾派遣朱应、康泰出使南海各个国家,历时近二十年,几乎遍及整个东南亚,甚至还到达了今天的菲律宾群岛。后来,海上商路开始越过南亚印度半岛,将航路延伸到阿拉伯海与波斯湾,直接沟通了东、西亚之间的海上往来。而斯里兰卡，即"狮子国"，就紧邻天竺东南部。这是一条比陆路更便捷的通道，如果法显能随着海上商队，从天竺到达中原汉地，不仅大大减少了回国的日程，也省去了脚力。

"阿弥陀佛，真是佛祖保佑！"听到这个消息，法显抑制不住内心的欢喜，一下子看到了希望。

"过去汉地的货物，都是先运到耶婆提（今天的印尼苏门腊答），再从耶婆提运到狮子国（今天的斯里兰卡）。如果你能从海上通道回到汉地，那你就是第一位循着海路归国的汉地探险家呀！"这位见识丰富的西域商人，也为自己能给法显指出一条快速回国的捷径而感到自豪。

"阿弥陀佛，施主，这一条海路应该怎么走呢？还望明示！"法显双手合十说道。

"不难，你从这里往东走，就能到达多摩梨底国，那是天竺东部的港口城市，面临着大海。那里会定期有商船起航，经过狮子国，再穿越大洋，航行到东方的耶婆提。耶婆提也会有商船直通汉地。你去多摩梨底国打听一下，就能得到准确的消息。"

法显真诚地谢过了这位及时雨一般的西域商人，在心目中把他当作佛祖派出的使者，是佛祖在指引他的行程。于是，他不敢再犹豫，而是调转方向，一直向东走去。

公元408年，法显顺着恒河一路颠簸，先路过瞻波国，继续东行来到位于恒河三角洲东口的多摩梨底国——即今天的孟加拉国塔姆鲁克。让他没有想到的是，这里同样是佛教徒的天堂，处处闪耀着佛祖的光彩。一眼望去，就能发现不少高耸的佛塔和别具一格的寺庙建筑，从路面上来往的僧侣人数来看，可以判断这里佛教盛行，这让他十分欣慰。

因为是港口城市，自然也成了商品的集散地。街道上买卖兴隆，十分繁华，各种口音、肤色和服饰的商人，在街上走来走去。街面上不仅僧人多、商人多，牛也多。这些牛没有缰绳，自由出没在城市繁华地段，没有人驱赶。因为在天竺各地都视牛为圣物，只许用牛耕地，只许喝牛奶，不许杀牛、虐待牛。所以，牛如同人类一样行走在大街小巷，构成这里的别致风景。

这里的寺庙建筑似乎与别处略有不同，也由精舍加塔组成，四四方方的房子上面，金色的塔呈现半圆球覆钵式，最多的寺庙有九座这样的塔。塔下的精舍门前，有六根布满雕刻的石柱，呈八字形立于门的两边。他走进最近的一所寺庙——罗伽那寺，同这里的僧人说明来意，马上被引进寺内入住。他放下包袱，洗手净脸，走进精舍。里面非常宽敞，白色的墙壁，雕刻画随处可见。佛堂、经堂、禅室、僧舍、僧厨等一应俱全。他先去佛堂，给一尊巨大的金佛像敬香礼拜，又瞻仰了佛堂和经房上的壁画。就是这些壁画，不仅吸引了法显的眼光，也留住了他的脚步。

法显经过了数十个国家，朝拜了无数所寺庙，只见过佛祖和各路天神的塑像，还没有见到佛祖的画像，尤其是被称为莲花手观音菩萨的造像，更是闻所未闻、见所未见。看到这里的僧人正在专心致志地画着壁像，法显动心了：弘扬佛法，在用文字讲解的同时，再配以画像的形式加以传播，这是一种创新的弘法方法，有利于信众更直观地认识佛，认识观音菩萨，更容易将佛的形象扎根于心底。

法显是一个求知欲十分旺盛的老人，他觉得，这些宝相庄严的菩萨画像，不仅有利于人们观瞻佛影，而且绘制佛像本身也同样是一种修行的方式：将信仰融入画中，让自己的精神领悟佛法的真谛，即所谓"心生种种画，画生种种心，心画不二者，即是如来身"。他当即决定，暂时留下来，学习画佛像，掌握画像的技术，再把佛像带回祖国，供僧众膜拜和瞻仰。

他安心地住了下来，在佛堂内与天竺画师一同描绘佛像，在房间里画壁画，也在贝叶纸上刻画。

描绘佛像，其实并不是一件简单的事，这对一个没有绘画基础的年迈之人来说，更不是一朝一夕的事。他在这里把自己变成小学生，虚心拜师，潜心临摹，从基础打起，从打下手开始，直到自己能够在墙壁上和纸上独立地完成一幅惟妙惟肖的菩萨像。这时，时间一晃又过去了两年。

开始临摹时，真可谓"画啥不像啥"。耗费了不少贝叶纸，仍然画得不像。于是，他便把五官分开，鼻子、眼睛、嘴唇，乃至脑袋，分别刻画，直到眼睛像眼睛、鼻子像鼻子为止。在绘制过程中，他还体会到铁笔刻字的弊端：费力、线条不容易控制。由此他想到，故国以毛笔写字、绘画，柔软的笔尖在纸面上挥洒自如，所以用毛笔绘制，应该更便利一些。便找到羊毛，扎成一小束，插进细小竹管内，箍紧，再修剪笔尖，一副简陋的毛笔就制成了。他挥起自制毛笔蘸墨绘画，果然轻便了，也应手了，进步自然就快了！

这可是天竺国家的第一支毛笔，也引起了寺内僧人的好奇，他们也纷纷自制"毛笔"绘画。

给佛画像，不仅是画面，还要画神，这才是最难掌握的。观世音菩萨大慈大悲，集仁爱、悲悯、慈祥、和善于一身，是善的化身，这个形象是靠表情和姿势传递出来的。一个仁爱的人是什么表情？一个慈悲的人是什么表情？一个慈祥的人是什么表情？他细心揣摩、认真比照，想象着自己在关爱他人、同情他人、帮助他人时，是一个什么表情，再想象着其他高僧大德们在积德行善时是什么表情。于是，就把自己变成一个救苦救难的"观世音"，体会大仁大爱时的心境。有道是，表情是内心的外化，是心灵的流露……画着画着，一副栩栩如生的观世音画像终于诞生在他的画笔之下。

第二十三章

≋

执团扇睹物思乡

公元409年底，已习得绘画方法的法显，获知了一个重要消息：一艘商船就要离开多摩梨底港口，去西南方向的狮子国，船主愿意搭载法显一同前往。过去虽然也有商船去那里，但不是没有赶上，就是船主不愿载客，总是阴差阳错。这次，为了抓住机会，法显匆匆离开了罗伽那寺，都没有来得及跟朝夕相处了两年的天竺教友们一一道别，就赶到了港口，登上了商船。

法显的一生，都生活在内陆，他还是第一次见到大海。那一望无际的海面，那汹涌澎湃的波涛，让人眼界大开，心胸开阔，也让人心生敬畏、思绪联翩。都说狮子国是东西通商的中转地，在那里会有机会乘船回到东土，法显的内心是激动的，也是忐忑的。当然，这个时候他最感兴趣的，是即将到达的国家，为什么叫"狮子国"呢？

在与船主的交谈中，法显才知道这里有一个传说。相传古代南天竺有一个公主在出嫁途中，被一只雄狮掳进了深山，狮人相交，产下了一个男婴。狮孩外貌随母，是一个漂亮英俊的正常人，但力气却像狮子一样巨大，无人可敌。长大后，他趁狮子不备，带着母亲逃出了深山，藏在山下的村庄里。狮子发现后，紧紧追赶，一直追到村子里。未找到母子俩，狮子便杀死村民泄愤。狮孩挺身而出，同狮子展开搏斗，终于杀掉了狮子。母子俩回到王宫后，国王考虑到他的出身不光彩，留在国内难以立足，就借口他犯下了杀父之罪，把他流放到海岛上。狮孩长大后在岛上建立了自己的国家，成为狮子国的开国元首。

直到这时，法显才知道，原来狮子国是一个岛国，同天竺有一道海峡相隔。那里贸易发达、国富民强，由于开国君主有狮子血统，他和臣民都自称僧加罗人，所建立的国家称为僧加罗国，就是"狮子国"的意思。但法显也有疑惑，这个远离天竺大陆的国家，是不是也笃信佛教，是不是对僧人也礼貌接待呢？

到了狮子国后，他才发现这些担心是多余的。因为这里的佛教，在公元前2世纪就由孔雀王朝传来。孔雀王朝（约公元前324年—约前188年），就是摩揭陀国的前朝。佛教传到狮子国后，历朝统治者都在大力倡导和弘扬，因此佛法极为昌盛。在世人的眼里，这里是保存了最纯净的佛教经典的地方，以佛法之岛而闻名于世。法显了解到这些情况，真是兴奋无比。因为他最感兴趣的，就是佛法经典。

下了商船后，他跟着商人来到了狮子国北部的古都——阿努达拉普拉市。商人告诉他，阿努拉达普拉是一座佛教圣地，城内有一棵巨大的菩提树，相传是从佛祖悟道的菩提树上接种而来的。当初，狮子国国王还派使者专程到摩揭陀国，迎取菩提树的枝条，并且将枝条种在佛殿旁边，让其生根发芽，直至长成参天大树。法显闻言，即刻辞别商人，前去参拜。

法显见到这棵菩提树时，用眼光量了量，大约有二十多丈高。树下，无数信徒前来瞻仰朝拜，敬若佛祖本人一般。

法显长久地伫立于树前，仰望着这棵传奇的佛教之树，心中不觉又起波澜。这棵由佛祖悟道的树枝移栽而长成的菩提树，也可以说，就是当初佛祖悟道的菩提树呀。自己西行求法，业已十年有余，而佛法就源于此树，法显多么渴望能在这棵树下，亲耳聆听一下佛祖的教诲，为自己指引一条振兴东土佛法的道路啊。

他长跪在树下，闭目合十，让自己的身心沉静下来，听听是不是有佛祖的声音。冥冥中，他感受到了佛祖的呼吸，听到了佛祖那语调平缓、态度慈祥而又吐字清晰的声音，缓缓穿过两耳，化成一股无形的力量，涌入胸腔，扩散全身，融于血液中。

直到日落西山，树下空无一人，他才起身，拾起自己的包裹，踏上了一条小道。他知道一座名为无畏山的寺院，就在离这里不远的无畏山上，它的规模，它的声望，都称得上是整个狮子国的佛教中心。他决定去那里落脚。

　　确实，无畏山寺的规模，不仅是狮子国最大的，也是法显见过的修行人数最多的大寺院，共有五千僧侣。佛塔和寺庙相距很近，塔不愧是一座巨塔，就像一座倒置的大金钟，光占地面积就有半亩之大，塔的直径达一百多米，高一百二十多米，塔顶上还有小塔。宝塔上下，镶嵌金银珠宝。你能想象得到，这哪是什么塔，分明就是一座豪华的高楼大厦。紧挨着佛塔，就是无畏山寺，规模更加宏阔。寺内精舍规划整齐有序，室内室外也是珠光宝气，精舍内供奉着精美的佛像。不算本寺僧侣，每日前来参拜的寺外僧众也是络绎不绝。

　　法显走进寺内，将包裹交给接待他的僧人，自己洗手净面，光着脚板走进佛堂，给佛像恭恭敬敬地行了礼，然后在执客的陪同下，绕过金碧辉煌的大殿，到僧舍内休息。

　　无畏山寺浓郁的宗教氛围、井井有条的日常功课和法事活动，很快就打动了法显。法显的本意，是在这里休整一些日子，再打听通往东土的商船，乘船回国。谁知，当他走进藏经室，眼光一下子被琳琅满目的经书典籍吸引住了。这里可谓世界最大的佛经图书馆，他所见过的经书，这里几乎全有。他拿起经目，查阅戒律方面的著作，除了他已经抄录的六部经书外，还发现了《弥沙塞律藏本》《长阿含经》《杂阿含经》《杂藏经》四部珍本，其中《弥沙塞律藏本》《长阿含经》都是过去见都没有见过的孤本佛典，这让法显激动不已。他赶紧把这些戒律方面的著作收集在一起，先一句句对照自己抄录过的戒律，看看有没有纰漏和不完整之处，确信完整无误后，再抄录刚刚发现的新经。此后，他又从藏经室里，陆续发现了曾闻其名、但从未见到文字的佛经多部，如《綖经》等。

看到这些珍贵的典籍，视经如命的法显改变了主意，决定再住锡一些日子，直到研习所有经书之后再作回国打算。这可是一次千载难逢的习经机会！这时的法显，不由得庆幸起自己没有听从道整的挽留，留在大乘寺，否则就无缘读到这些经典了。不过，他也深知自己已经是一位七十多岁的老人，上天给自己的时间不多了，而回国尚未有定期。于是，在身体欠安的时候，在感到劳累的时候，他就虔诚地向佛祖祈祷："佛祖啊，再多给我一点时间和精力吧，让我尽可能多地将你的教诲抄写下来，带回缺少戒律典籍的华夏故土！倘能如此，就是送我下地狱也心甘情愿！"

一天早上，在完成各项法事活动后，法显按照往常的习惯，给佛像除尘。在佛堂里，他意外地发现，一位拜佛的商人进来后，恭恭敬敬地用一把白绢团扇供奉佛祖，团扇上绣着花草喜鹊。这是一件罕见的具有东方特色的艺术品，在天竺各地从未见过。等商人离开佛堂后，他走上前去，轻轻捧起团扇，仔细一看，这确实是一把地地道道的汉地团扇。没错，这样的艺术品，除了汉地，没有国家能制得出来！法显的眼前顿时模糊了，老泪不觉潸然而下。十余年了，自从离开故土，他吃的是异国的粮食，用的是异国的用具，见到的是异国的山水田园，自己就像一位天外来客，什么都是陌生的。离开祖国太久了，家乡的小米、麦子，家乡的小枣、山桃，已经久违了，家乡的口音、家乡的男女、家乡的习俗……正在成为记忆。今天，在异国他乡，忽然见到这样一件家乡的物品，怎么能不勾起思乡的情愫！十余年了，家乡已经模糊了，思乡之情似乎也麻木了，眼下，这一切又被瞬间激活了。那往来奔波的父老乡亲、那山清水碧的户外风光，那一切的一切，你们还好吗？还是老样子吗？

　　触物伤情，这是法显西行中的又一次流泪，不是为了故友的离世，不是为了佛法的衰落，而是为了对遥远家乡的思念。他擦干眼泪，追出了佛堂，追出了寺庙，终于在人群里找到了那位大腹便便的商人，向他施了个佛礼，说道："请问施主，你到过遥远的汉地吗？"

　　"啊，没有到达，但我们到过离汉地不远的耶婆提国。请问师父，你有什么见教？"商人也客客气气地回礼。

　　"你刚才供奉佛祖的团扇，可是从汉地引进的？"

　　"是啊，没错。是我从耶婆提国来的商人那里购得的，那里的商人倒是经常到汉地去，收购汉地的物品，运到这里出售。这团扇十分珍贵，花了不少钱呢！"

　　"请问，近期还有商船到达耶婆提国吗？"

　　"这个，据我所知，最近几天没有。不过，一个月之后肯定会有大船要去那里。"

　　谢过了商人，法显想：我求取的佛法已经齐备，只是还没有抄录完毕。回国的时机已经成熟，我得抓紧时间啊！

　　他回到寺庙，通宵达旦地抄录还没有完成的戒律经书。他知道离开天竺的时间不多了，回到祖国的时间已经临近了。他有些后悔这两年来自己的麻木懈怠，没有争分夺秒地去完成这项工作，没有把回国当作最紧迫的事情，而是为佛岛的繁茂和佛法的盛行而陶醉其中，乐不思蜀。现在，他已经坚定了回国的决心，确立了回国的日程，只有多抄录一份经典，这次西行的价值和意义才多一份。

第二十四章

起风浪海上漂泊

公元411年八月，法显抄写完成了最后一部佛法戒律，终于松了一口气。整整十二年的求法之旅，一路艰辛，一路坎坷，耗费了无数的心血，总算有了结果。看着这些堪称佛教领域里最为完整的戒律经典，法显知道自己的使命已经结束了。

怀着对祖国的思念，怀着对正统佛教的向往，他立即打点行囊，开始了归国之旅。他甚至来不及悲悼一下死去的同伴、向曾经朝夕相处的教友们告别一声，就出发了。如今，他依旧是孤身一人、形影相吊，对同伴的怀念、对佛国的留恋、对师友的感激和对祖国的思念，这些情感交织在一起，让他内心充满了酸甜苦辣。但此刻，紧迫的行程又让他把所有的情愫一带而过，他得抓紧时间赶到港口，登上即将出发的商船，他同船主那庇耶已经沟通过了。

生活在佛国的人们，大多数受到佛法的熏陶，个个一心向善。尤其是对出家的僧人，他们都是尊敬的。所以，被重重的两只包裹压得弯腰驼背的法显，一路顺利地登上了那庇耶的大帆船。大帆船即将前往大洋彼岸的耶婆提国取货，载着二十多名商人。起锚之后，商船扬帆出海，离开了港口。站在船板上，望着口岸渐渐远去，法显知道，到了跟狮子国说再见的时候了，到了跟天竺说再见的时候了，也到了跟佛祖的故乡说再见的时候了。他面向西方，闭目合十，微微佝偻着背，口里念念有词，用几乎听不清的经文，感谢佛祖对自己的眷顾，祈祷佛祖保佑自己一路平安。

大帆船很快进入波涛汹涌的大海，陆地渐渐变成了一条地平线，进而消失得无影无踪。它划着波涛向前驶去，一路摇摆一路颠簸，海浪不时地拍打着船舱，发出啪啪的声响，溅起一股股浪花，就像一群好奇的海国幼儿，探头探脑地打量着船上的一切。平生第一次横渡大洋的法显，睁开双眼，望着层层卷起的碧浪，有些新奇，时间久了，又有些目眩，只得蹒跚地走进船舱内，同旅伴们会合。他坐在自己的包裹旁边，保持着坐禅的姿势，继续闭目合十，静静地期待着早日踏上东方的土地。

然而，海路虽然没有陆路那样崎岖险峻，却也暗藏着未知的风险和意外，会发生惊涛骇浪的袭击，一旦遭遇"海龙"扬威，那可怕的巨浪完全能够掀翻船只，把人葬入大海，无处遁身。从这方面讲，"海龙"比陆路上的那些"白龙""毒龙"更狰狞恐惧。

　　果然，在商船平安无事地行走了三天之后，一场风暴骤然降临了。不管是沙漠上的风暴，还是海洋上的风暴，其凶恶的表现，无非就是狂呼乱叫，用一双无形的巨手，把它们能卷起的东西全部抛上来，要么带走，要么摔下去。在沙漠里，它们能掌控的是无边的沙海，先把沙漠蹂躏得哗哗惨叫、满天飞扬，再把沙粒当武器，不顾一切地发动袭击。而在海洋里，它们的武器则是无底的海水，先把海水推起来，达到浪高万仞，然后一扬手，怒砸下去，到处都是海水的撞击声和哀号声，至于在海上漂泊的船只，根本就不在它们的眼里，即使被砸烂、被淹没、被吹得无影无踪，它们也不屑一顾。

　　风暴来临的时候，沙海与大海的情景都有相似之处：乌云滚滚，天昏地暗，电闪雷鸣，如同黑夜即将来临。而海洋的风暴，则更加疯狂，台风、飓风这两条大风魔，就是在大海中诞生的。看见风暴来临，船主那庇耶立即放下船帆，命令停止前进。在风暴的无视下，没有了风帆的商船在海水中摇晃着、战栗着，就像一个孤立无援的野外独客，任由虎视眈眈的野兽们生杀予夺。在那庇耶的记忆中，在海上遭遇如此巨大的风暴，还真是少见。没多久，就见摇摆不稳的大木船在巨浪的挤压之下，海水大量涌进来，灌进了船舱。他号召大家一起动手把海水舀出去，但仍然抵消不了海水涌入的速度。凭经验，一定是船板在遭受打击后，出现了破损漏水。

　　眼见船内的海水越进越多，那庇耶的脸上变得苍白起来，他恶狠狠地命令："赶紧扔东西，减轻船的重量！"

商人们不得不把自己的那些粗笨不值钱的器皿和货物扔到海里去。但还是不行，那庇耶命令继续扔东西。在他的监督下，接下来要扔的，就是行李、粮食、菜果，甚至还有随身携带的金币银币。毕竟跟人的性命相比，任何东西都是不值钱的。大家咬了咬牙，虽然比剜自己的心还难受，还是在相互监视之下扔掉了大部分随身物品。如果还要扔，就轮到用以活命的淡水和粮食了。

东西差不多扔完了，船体才微微升了起来，海水进舱的速度明显慢了。那庇耶命令一部分人舀水，一部分人堵住船板上的裂痕，终于把海水挡在了船外。但他们仍不敢大意，继续监视船上的每一个角落。

法显没有什么值钱的东西，扔掉的是一只盛水用的军持澡罐，连同里面的淡水都一起扔了。这是从天竺化缘得到的一种盛水器，是洗脸、洗澡用的，非常方便。此外，他还扔掉了一些生活用品和随身换洗的衣服，但有一只包裹他紧紧地抱在怀里，始终没有动——那就是他辛辛苦苦带回来的佛经和佛像，这比他的命还重要。他之所以紧紧地抱在怀里，是因为他担心慌乱不堪的商人会顺手将这只包裹也扔进大海。在众人忙于修补船舱时，他一只手抱着包裹，另一只手单手行礼，不停地祷告，祈求佛祖保佑船只平安无事，保佑大家逢凶化吉。

"你怀里抱的是什么？怎么不扔掉？"一位商人终于注意到

了法显怀里抱的东西。

法显停止祷告，睁开眼睛说："施主啊，这是我抄录的佛经、画的佛像啊，它们的分量并不重，就让我留下它们吧。"

"不行，现在最重要的是活命，再珍贵的东西也要扔掉。我们大家都是这么做的，赶紧扔掉！"这名商人恶狠狠地说。

"阿弥陀佛！看在佛祖的面上，就请大发慈悲吧。它们真的比金币还重要，比我的性命还重要。我不能扔啊！"

又有两个刚刚扔掉了大量物品的商人，被法显的"吝啬"激怒了，一齐扑了上来，要抢走法显手里的包裹。法显双手紧紧抱住，还是难以抵挡他们的蛮力，眼看就要被他们抢去扔掉，他眼含着热泪，声嘶力竭地喊道："你们等一等，等一等。能听老僧一言再扔好吗？"

几个商人停止了抢夺。

"这是佛祖的经书，是我这么多年一笔一画地刻下来的，打算带回我的祖国——东土汉地。因为我们的国家太缺少这样的佛法，太需要这样的佛法了。其实它们并没有多大的分量。如果大家觉得这些佛经宝典有碍于你们乘船过海，就把我扔进大海里去吧。只求你们看在佛祖的面上，替老僧把这些佛经保存好，带回东土，交给寺庙。老僧拜托了，阿弥陀佛！"

说完，法显老泪纵横，哽咽失声，一行行混浊的泪水滴在胸前的包裹上。

商人们彼此看了看，这才恢复了理智，似乎感到了一丝理亏。他们毕竟是在佛国生活过的人，天天沐浴着佛光，每次出海都不忘祈祷佛祖保佑，怎么能扔掉佛经呢？那可是要遭报应的。

船主那庇耶走过来说："原来是佛经啊，你怎么不早说！船已经不漏水了，我们大家就不要再为难这位高僧了。"

船内的气氛很快就缓和下来。

刮了三天三夜的大风，渐渐小了些，提心吊胆的人们，终于微微地松了口气。

吃过了干粮，大家正在休息，忽然觉得船只在海中漂荡起来，团团直转，就像一只迷失方向的孤鸟，飞来飞去总也离不开一个地方。这是怎么回事呢？

那庇耶急忙呼唤舵手，但没有回音。他快步赶到驾驶室，发现里面空无一人，再寻找唯一的一只备用小船，已经不在船上了。

原来，舵手被大风暴吓破了胆，担心船只被掀翻，或者进水沉没，一个人趁大风降级时，偷偷划小船逃了回去。

那庇耶急得捶胸顿足，船上的人闻讯，也吓得手足无措。没有舵手，其他人都缺少驾驶的经验，这船该如何前进呢？好在风暴过后是晴天，海面上相对平静了一些日子，白天能看着太阳往东走，夜晚也能靠着星星辨别方向。那庇耶只得替代舵手，亲自驾起了船。

好大气并没有维持多久。没过几天，海上又刮起了大风、下起了暴雨，四周黑茫茫一片，根本辨不清方向。这时，那庇耶不得不停止行驶，任由风浪把船只抛来抛去，在海上转圈圈。是凶是吉，一切交给命运主宰了。

不过，海洋的天气变幻无常，一会儿阴云密布，一会儿雨过天晴，即使船只暂时迷失了方向，四处漂泊，也能很快校正方向，重新出发。就这样在大海中一会儿全速前进，一会儿任其漂泊。

由于在海上漂泊太久，粮食和淡水已经不多了。粮食可以省了又省，也可以捕捞海鱼充饥，但淡水的匮乏是最致命的。他们把每天的饮水量降到最低，又将淡水和海水掺和在一起做饭，这也不顶事。最后个个饥渴难耐，嗓子疼痛难忍。他们唯一祈求的，就是早点渡过海洋，到达陆地。

法显天天闭目参禅，不停地诵经。也许是他的虔诚感化了佛祖，在海上漂荡了三个多月之后，商船终于到达一片熟悉的海域。在这片海域里，船来船往，风平浪静。那庇耶凭借自己多年的经验，就知道他们没有走错方向。虽然走了不少弯路，耽误了不少日子，但总算到达了想去的地方。商船开足了马力，马不停蹄地向前驶去。深夜，天上星汉璀璨，有北斗星为他们指引方向；白天，阳光普照，远处帆影点点、白鸥翻飞，可以远眺地平线上的大陆。胜利的喜悦洋溢在每一个人的脸上。在一个晴朗的天气里，商船抵达了耶婆提国——今天的印度尼西亚苏门答腊，徐徐停靠在一个贸易发达的港口上。

听到虽不懂却很熟悉的口音，看到虽不相识却曾见过的面孔，商人们都激动得欢呼起来。他们在岸上喝足了热水，吃饱了米饭，继续寻找自己的目标，很快就走到了自己要去的小镇，走过了自己熟悉的街道，见到了自己熟悉的当地商家。

法显虽然对这里的环境十分陌生，也听不懂居民的语言，但他熟悉居民的面孔——跟自己一样的黄皮肤、黑眼珠的东方人。不过，法显心里还是有些忐忑不安。因为他知道，这里盛行的是婆罗门教，而佛教徒却凤毛麟角，更没有一座佛教寺院，居民对佛教徒会采取什么态度呢？他跟着商人走街串户，试图熟悉这里的环境和人。可是，天竺商人与当地商人谈妥了买卖之后，携商品又登上了那只经过修补的大商船，心满意足地返回了他们的狮子国。

法显很快又成了一个形单影只的域外来客。"我该怎么办呢？哪里才是我回国的希望？路到底在哪里呢？"他望着前方，望着从自己身边走过的一群群陌生人，又陷入了新的困顿之中。

第二十五章

≋

踏归途死里逃生

那庇耶在登船回国之前，把法显介绍给了经常去汉地做生意的耶婆提商人。商人答应带法显回到故国，但什么时候动身，还确定不了。自从法显八月份从狮子国起身，经过近四个月的海上航行，如今正值冬季。这里的冬天跟夏天并没有什么明显区别，但必须等到北上的信风出现，才能出海，这样航程就会顺利许多。

信风，指的是在低空中从副热带高气压带吹向赤道低气压带的风。在赤道两边的低层大气中，北半球吹东北风，南半球吹东南风。它总是如约而来，风向很少改变，很讲"信用"，所以叫"信风"。海路商家常借助信风的吹送，往来于两地进行贸易，所以又称为"贸易风"。苏门答腊正好占住赤道中心线，汉地又在它的正北方，要产生北上的信风，起码要等到四五月份才行。

没有佛教寺院的接济，法显只能一边化缘，一边等候着商船出海。在耶婆提国整整住了五个月，他无时无刻不在关注着商船出发的时间。

公元412年四月，法显盼望已久的时刻终于来临了：如期而至的信风，在海面上刮起来了，停泊在港湾里的大商船即将出海，要去汉地的南海郡贸易。南海郡，就是今天的广州。虽然法显至今还没有去过那个地方，但他知道那块土地属于中原的东晋，是华夏版图的一部分，人们说的都是汉语，学的都是汉文化，还有共同的祖先，尽管整个国家还处在四分五裂的状态。

这艘大商船，比先前那艘狮子国商船要大许多，也结实许多，搭船的人也多，达二百多人。出发那天，商人们纷纷把自己的行李和必备品搬进船舱，准备的粮食和淡水，足够二百人吃用两个月。法显扛着自己的包裹和化缘来的生活用品，走进了船舱。他面带微笑，非常礼貌地向船长达其诺、商人旅伴打招呼，并用佛礼祝福他们。

商人们一一同法显回礼，但也有不少商人对法显翻起了白眼，故意回避他，脸上呈现愠怒的表情，并去船长达其诺那里嘀咕了一阵儿，似在交涉。可以看出，他们对一个佛教徒的出现，既意外也吃惊。法显在苏门答腊逗留时，也有遇见这样的眼神，知道他们是一些婆罗门教徒，与佛教徒互不信任。但法显不会主动与他们发生冲突，他默默地蜷缩在一个角落里，尽量不发表任何言论。

四月十六日，在达其诺的命令下，商船起锚了，航行方向为东北，目标是东晋南海郡。

开始，航行非常顺利。虽然海浪依然在翻滚，耳边不停地响起浪花相击的响声，却也能听到海鸥的鸣叫声，还有海风吹拂白帆的呼呼声。东北风不停地推送着商船向前挺进，从舵手的表情来看，船走得很轻松，自己一点也没费多大力气。

祖国越来越近了，这时最激动的还是法显。从登上大商船那天起，他就归心似箭、心潮澎湃，对祖国的思念，对同胞的思念，对佛门同事的思念，早让他急不可耐。他也在时刻关注着行程。在精通梵语和汉语的船长达其诺嘴里，他知道离南海郡越来越近了。

但没有人相信暂时的平安，就代表永久的安宁。以他们每一个人的经验来判断，在商船还没有成功到达对面的港口时，任何懈怠都是危险的，任何乐观都是不切实际的。

果然，在一个漆黑的夜晚，一场暴风雨在天空中悄悄酝酿了，这是谁也预料不到的。太平洋上的台风，似乎沉默得太久了，难以忍受寂寞，于是不顾天气还有些清凉，就提前来临了，打算与海神狼狈为奸，给那些只信任信风的过往船只一点颜色看看，好重振昔日的威风。一时间，天边乌云密布，狂风大作，闪电划破长空，商船在风浪中起伏前行，一会儿冲上浪尖，一会儿又栽向浪谷。船上的人们，随着船的颠簸而左右摇晃。他们紧紧地抓住身边的横木。在这一颠一簸的摇晃中，法显脸色苍白，十分难受，差点呕吐起来。

不久，暴雨就倾盆而下。船在惊涛骇浪中穿行，随时都有倾覆的危险。商人们惊恐万分，不管是什么教的教徒，都在嘟嘟囔囔地念着经，祈求自己的神保佑自己，保佑这只大商船逢凶化吉。法显也紧紧护住自己的经书，闭目合掌，念诵经文。

可是，一直到天亮，暴风雨仍然没有停止的迹象，这在商人们看来，很不寻常。因为过去从未发生过这么长久的暴风雨。

婆罗门教徒们看到自己的祈祷没有效果，开始寻找别的原因。他们向着法显再次投去凶狠的目光。依然还在闭目诵经的法显，根本就没有意识到，自己此时已命悬一线。

几个惊魂未定的婆罗门商人凑到一起，酝酿着一个可怕的阴谋，这个阴谋笼罩在晃动的船舱之内，大概法显也感受到了，他睁开眼睛，朝他们瞥了一下。

"风暴太厉害了，这是海神发怒了，要惩罚我们呀。我们得赶紧想办法！"

"很显然，是因为我们的商船里多了一个异教徒，才招致海神发怒。我们不如把他扔进海里做祭品，祭祀海神。海神息怒了，我们才能安宁。"

"对，就这么办！还犹豫什么，现在就动手吧！"

这几个人做出决定之后，围住了法显，一齐扑上去，出其不意地把他按倒，准备抬起来扔进海里。

法显从他们的眼神和动作里，早就读懂了恶意。他的脑子"嗡"的一声，产生了大难临头的恐惧。他紧紧地抱着装有经书的包裹，用梵语大声呼救道："阿弥陀佛，佛祖保佑我！阿弥陀佛，佛祖保佑我的经书吧！"

此刻，法显最担心的不是自己的性命，对于九死一生的他来说，生死早就置之度外；唯一让他挥之不去的牵挂，就是他十三年间历经艰险，从天竺取来的这些经书。而故乡的僧徒，正在翘首企盼等待佛法戒律的归来。他只是害怕这些比生命更珍贵的东西毁于一旦。

但那些人毫不理会法显的呼救和哀求，很不费力地将他抬了起来，朝船帮走去。法显丢下装有经书的包裹，即使自己即将被扔下大海，他也不愿意这些经书随自己一同湮灭。

"站住，你们干什么？"船长达其诺突然站在他们身后，大声吼道。

他们显然被船长的声音震住了。其中一个人放下法显，走向达其诺，用法显听不懂的语言同船长交谈了一番，说明了他们的用意。

"不行，坚决不能做这样的事。"达其诺摇摇头。

"船长，我们这是为了大家着想。如果不用异教徒祭海，我们恐怕是到达不了汉地的。"

"你知道他是什么人吗？他就是汉地人。佛教在那里很盛行，连他们的皇帝都信奉佛教。我之所以允许他上船，就是考虑他是汉地人，带他过去会对我们有利。如果你们对他不利，被他们的官员知道了，会惩罚我们的，我们就别想回去，更别想再去做生意了。赶紧放了他！"达其诺的态度很坚决。

这些人只好放下法显，围住船长，继续同他交涉。

"那我们采取一个折中的办法吧，可以不用他祭海，但要把他送到一个孤岛上去，任其自生自灭。"

"何必这样？他已经是一个老人了，送到那里跟杀了他有什么区别？"

"你也是我们的婆罗门教弟子，为什么对一个异教徒总是心存慈悲？"有人对船长的决定很不理解。

"我说过，带他去汉地，会对我们有利。以我们过去的经验，大海上的天气变化无常，发生暴风雨也不是什么奇怪的事。再等等吧，很快就会风平浪静的。"

也许达其诺的话打动了海神，也许是海神太累了，它终于停止了暴风雨的整夜肆虐，收回了满天的乌云，偃旗息鼓，回到自己的神宫里休息了。东方微明的时候，风雨渐渐小了，商船也不再动荡了。"呀！"一只不知道藏到哪里过夜的海鸥，掠过商船的头顶，向东方飞去。

大家依然相安无事，人们开始忙着做早餐，吃干粮。法显则继续虔诚地做自己的早课。他为今天能死里逃生而庆幸，自然要颂扬佛祖的恩德。

但海上却一直阴沉沉的，四周雾蒙蒙的，白天不见太阳，晚上不见星星，航向难辨。时不时地还下起一场场雷阵雨。这时的商船，又进入了盲目行进的状态。

一天早上，当船长和客商们从梦中醒来，以往常的习惯观察天气时，个个喜不自禁。原来，多日的阴天终于走到头了，呈现在他们眼前的，是一个云开雾散的艳阳天。这个消息很快就让全船的人知道了，人们纷纷走出船舱，一起证实这个最想听到的消息。不久，太阳就从东边的海平线上跳出来，露出了红扑扑的笑脸，羞涩地向海上奔波的人们道早安。

船长亲自和舵手一起校正航向，继续向东北方向行进。

可是，达其诺的眉毛很快又拧起来了。因为根据过去的经验，从港口起航，到达南海郡，五十天足矣。他数了数自己的航行日历，早已超过了五十天，而商船却仍然漂泊在茫茫无际的大海中，四周见不到陆地的影子。这个情况也让船上的所有人变得紧张起来。当航行日历翻到七十页时，他们再也沉不住气了，开始寻找问题的根源。

达其诺以自己的经验判断，是商船偏离了航向。虽然信风一直朝东北方向护送着船只，但台风和暴雨的意外出现，改变了航道。中原汉地有漫长的海岸线，如果没有发生偏离，即使到达不了南海郡，也会到达任何一块陆地。

于是，他们决定，改变航向，向西北方向行驶。

这时候，船上预备的淡水已经不多了。为了应付可能发生的意外，商船每次出海，都要预备绰绰有余的淡水和粮食。但这次耽搁得太久，船上的人又比较多。船长命令减少淡水和粮食的供应量，淡水完全用于解渴，维持生命的最低需要，而做饭，只能用海水了。即使这样，淡水和粮食也很快告罄。许多人尝试着从海水中蒸发水蒸气，再凝结收集起来，但也只能得到一点点淡水，无疑是杯水车薪。

最后，粮食都吃光了，淡水也没有了。大家忍饥挨渴，在船上蜷曲一团，不说话、不动弹，以减少体力和能量的消耗。除了心中默默地祈祷神的保佑，他们什么主意也没有。

商船继续全速前进。

算起来，从改变航向那天算起，他们又在海上漂流了十多天。没有人不会相信，再过几天如果还到达不了陆地的话，自己一定会饿死、渴死在海里。

第二十六章

落青州荣归汉地

　　这天上午，站在船板上遥望前方的达其诺船长，手搭凉篷发现了远处的海面上白光点点。他挤了挤眼睛，终于看清了，那是一群海鸥正在低空中展翅翱翔。在海中漂泊这么久，他还是第一次发现成群的海鸥，激动得再次张望。这时，就在第一群海鸥出现的地方，又飞来了另一群海鸥，甚至还隐隐听见海鸥的鸣叫声。

　　这说明，他们的船离陆地不远了！他们有救了！

　　他激动地把这个好消息通知自己的船客。大家一听，纷纷拖着饥饿的身子，钻出船舱瞭望。是的，是海鸥！一群又一群的海鸥！他们脸上洋溢着笑容，似乎被注入了一股神奇的力量，精神也抖擞起来。

　　海鸥的影子越来越清晰了。紧接着，地平线也隐隐约约地进入了他们的视线，并慢慢改变了原来的形状，耸起了山地，现出了田园；颜色也加深了，变得葱葱绿绿的，露出一片片青色的植物。

"我们有救了！"客商们不由自主地喃喃着。如果不是饥饿在身，他们肯定会跳起来、唱起来。现在，他们只有一种表情：微笑；只能发出一种声音：好啊！

这一天，是公元412年七月十四日。

商船徐徐靠岸。显然，这里是一片荒山野岭，没有人烟，也没有熟悉的庄稼地，海鸥也不见了踪迹。二百多人挤在船板上，注视着岸上的青山和植物，却没有一样认识的，不由得又疑虑重重：这是什么地方？是荒岛？是不知名的国度？抑或是没有发现的新大陆？那里有没有吃人的野兽？有没有盘踞的强盗？面对这些疑问，他们面面相觑，迟迟不敢走下船去。

"阿弥陀佛！"忽然从人们的身后，挤出一位老人，念着佛号，"各位让让，我先下去看看吧。"

客商们巴不得有人下去探探路、打听情况，纷纷为法显让路。达其诺叮咛说："长老，要小心啊！"

两名船员用绳子把法显吊下商船，让他落地。这么久了，第一次踏上陆地，他倍感亲切，脚步也扎实了许多。他一边往前走，一边观察着路边的草丛。忽然，一种熟悉的植物进入了他的眼帘，他赶紧低头察看，这不是灰灰菜吗？不错，就是中原一带最常见的灰灰菜呀！再把目光投向了附近，他又发现了野荠菜、黄豆苗。

"哎呀!"他失声大叫道,"这里是汉土啊,只有我们汉地才有这种豆子呀……"

他拧起一把荠菜和豆叶,送进嘴里嚼了嚼,咽进肚子里,顿时感到一股久违了的清鲜之气,沁入心脾,肚子里就有了充实的感觉。他回头望了一眼船上的商人们,又用梵语冲他们喊:"这里是汉地,是汉地呀!"

站在船上的人一听,纷纷跳下来,朝法显拥来。法显告诉他们哪些植物能吃,并作示范。大家纷纷寻找野菜,顾不得清洗,将泥沙甩掉,就塞进嘴里。

在法显的带领下,他们一边寻找吃的,一边留意附近有没有村庄和居民。在山脚下,他们还发现了一条小溪,小溪流水哗哗,流出的全是淡水,是清澈香甜的淡水。于是,无须向任何人招呼,大家又纷纷赶到水边趴下,用手掌撩水送进嘴里。在饥渴的情况下,水比食物更重要。

许久没有喝到这么香甜的淡水了,身上的饥渴顿时缓解。接下来,一部分人原地休息,一部分人继续散开,寻找附近的人烟。因为只有找到了本地居民,才能打听到这里的位置。人们爬上了一道山岭,忽然有人叫道:"看看,这里的树上结着野果。"

"是什么野果?"有人问。

"不知道。"

人们便把目光落在法显身上。有人扶着法显爬上山岭,走近一看，法显大吃一惊，继而满面笑容，"阿弥陀佛！"他念了声佛号，"佛祖保佑，这是桃树，结的是桃子呀！"

"什么？"商人们没有听懂他的话。

他用梵语回答："就是桃子，只有我们中原地区才有的桃子呀！"

梵语里还没有"桃子"这个称谓，他只能音译。果然是漫山遍野的野生桃树，每棵桃树上结出了数不清的半红半青的大山桃。他走到一棵树下，摘下桃子，擦了一把上面的毛，送进嘴里咬了一口，来不及细嚼就咽了下去。十三年来，他还是第一次吃上桃子。

"大家都别看着，快来摘桃子吃吧。"他晃了晃手中的桃子，招呼大家。

商人这才醒悟过来，纷纷找桃树、摘桃子，照着法显的样子，用手掌擦掉桃子上的毛，放到鼻子下闻一闻，一股又甜又酸的味道；咬一口，流出的是甜甜的汁，嚼出的是香香的肉，既解渴又解饿，简直妙极了。他们尝到了甜头，一口气又吃下不少，一边咀嚼，一边"唔唔"称赞。

正在这时，从桃山的另一面，传来了两个人的尖叫声，吓了所有人一跳。又有耶婆提商人用自己的语言大声喊："有人，我们发现了两个野人！"

达其诺船长喊："是什么野人？带到这里来！"

不一会儿，十几个商人就押着一长一幼两个衣衫破旧的山民走了过来。他们穿着打着补丁的衣服，惊恐不安地看着这群人，浑身瑟瑟发抖。一看长相就知道是一对父子俩，是土生土长的汉人。

法显眼前一亮，立即走上前去，用汉语说道："阿弥陀佛，不要害怕。请问施主，这里是汉地吗？"

两个农夫不住地点头，但没有说话。

"阿弥陀佛！施主，我也是汉地人，从小出家为僧。十几年前，我从长安护国寺出发，从陆路去天竺取经；如今又从海路回来了。这是我的祖国啊，见到你们，我很高兴。你能听得懂我说的话吗？"

两个农夫点点头，其中年龄大的农夫说："能听得懂。"

看到他们不再害怕了，但两只眼睛还是不住地打量那些耶婆提国商人，法显又说："他们不是坏人，而是耶婆提国的商人，要到南海郡，同我们做贸易。我就是搭乘他们的商船回来的。但海上遇到了风暴，把商船吹到了这里。"

"是吗？我还以为是海盗什么的，看他们的长相打扮，根本不是本地人，听口音也听不懂，都吓死我们了。还好，只要不是坏人就行。"年长的农夫擦了擦脸上的汗水。

"我敢担保，这里绝没有坏人，也没有一点要为难你的意思。请问二位施主，这个地方属于哪个郡县管辖呀？"

"这里是青州长广郡牢山地界。"那位年长的农夫回答。

"青州长广郡牢山，哎呀，我知道，我知道。我早就听说过，这里的海外可有仙山啊，昔日多少人来仙山求取长生之道呢，就连秦始皇、汉武帝也派人来过。"法显点点头，呵呵笑起来，又回头用梵语对达其诺船长说，"船长，各位，他们不是什么野人，是地地道道的汉地农夫。他告诉我，我们早就越过了南海郡，到达汉地北方的长广郡了，算一算，多走了几千里呢。"

长广郡牢山，就是今天的山东青岛崂山，也属于东晋的国土范围。几百名商人听到这个消息，既吃惊又后怕。

"请问施主，你们这是在干什么呀？"法显见农夫肩上扛着木头，手上还握着大山桃，好奇地问。

"师父，我们是来山上打猎的，顺便摘一些山桃回去供奉佛祖。"

"哎呀，你们也供奉佛祖？阿弥陀佛，我替佛祖谢谢你们！我们可是有缘人啊！请问，你们的家在哪里？离官府多远啊？"

年长的农夫手指身后回答："我们家就住在山的那边，离这里二十多里。长广郡就离我们那儿不远。"

"太好了。你能不能回去禀报长广郡太守，就说有一艘从耶婆提国来的商船，来南海郡贸易，路上遇到了风暴，将船只吹到了长广郡海岸。如果太守大人能关注此事，妥善处理，给以方便，我们将感激不尽！"

"没问题。我们的太守叫李嶷。李大人也是一个信佛之人，经常请高僧弘法，如果知道这里有一位从天竺回来的高僧，一定会重视的。"

"阿弥陀佛，善哉善哉！请施主转告李大人，我的法号叫法显，已经出家七十余年了，又在天竺修行十多年，今天带回了佛经和佛像，请他务必关照。老僧拜托了！"

送走了农夫父子，法显又同达其诺船长进行了交谈，把刚才同农夫协商的情况通报了一下。大家听到这个消息，都松了口气，脸上洋溢着笑容。

"多亏了法显长老啊！"达其诺由衷地说，"如果没有他，我们就没办法同两个农夫沟通，也取得不了他们的信任！"

说完，他有意瞪了一眼当初几个主张要把法显祭海神的商人，他们明白船长的意思，不由得低下了头。

这时，天色渐渐暗了。他们又摘了些山桃，带了些淡水回到了船舱内休息，静候明天的消息。

第二天早上，安安稳稳地睡了一夜好觉的法显和客商们，日出三竿才爬起来，站在船板上，活动腰肢，迎着海上的红日说说笑笑。就在这时，有人指着陆地说："你们看。"

大家扭头看去，一溜长长的队伍从山那边走了过来。在人群中间，有一位骑着高马的官员，官员前后是他的护兵。队伍最后面跟着一些推着独轮车的民工，而走在队伍最前面的，正是昨天那位年长的农夫。

一切再也明白不过了。法显被船员送到陆地，走上前去迎接。老农夫跑了过来，对法显说："帅父，我们的太守李嶷李大人听说你从天竺乘船归来，非常惊喜，一大早就张罗着赶了过来。"

他手指那位骑着高头大马的官员，说："喏，就是他，李大人。"

法显不住地念着佛号，合十相迎。李嶷跳下大马，跑到法显面前，上下打量了一眼，说道："果然是一位得道的高僧。师父，你真是从天竺归来的法显大师？"

"正是老僧法显。"

法显把自己从陆上出发去天竺修行和求法，又从海上乘船归来的经历，细细讲述了一遍。李嶷一边听一边啧啧连声，拉着法显的手说："我听从长安来的僧人讲过，曾有高僧从护国寺出发，去天竺求取戒律真法，一去多年，不知所终。没想到，你就是那位求法的法显大师啊！能在这里见到你，真是荣幸之至、三生有幸！没说的，我请你到我的府衙歇息，还要多多向你请教呢。"

"多谢李大人垂爱，我是从耶婆提国乘坐商船回到汉土的。那些商人本来是要去南海郡贸易，不料海上遇到了风暴，才流落至此。还望太守大人好生接济他们。"他指着身后的大船和船上的商人说。

"哈哈，那还用说。他们来汉地贸易，就是我们的客人，我不会亏待他们。你瞧，"李嶷手指护兵身后的那些民工说，"我已命人准备了充足的粮食、淡水和日用品，赠送他们，并派两名富有经验的船工当向导，帮助他们驾船南下，先到扬州，再去南海郡。他们还有什么要求，也可以提出来，我尽量满足就是了。"

法显便朝商船招招手。达其诺船长下了船，诚惶诚恐地走了过来。法显向他介绍了李大人，又向李大人介绍了达其诺船长。两人见礼后，不用法显翻译，达其诺就用不太纯熟的汉语同李嶷交谈了起来，对太守大人的安排表示满意，并再三致谢。

安排妥当后，法显又向达其诺船长和商人们道别，感谢他们的一路关照。然后，他和李太守同骑一匹马，浩浩荡荡地向郡府走去。

第二十七章

≋

受邀请奠基龙华

长广郡郡治为不其城，李嶷把法显请到不其城内，隆重接待。李嶷带着法显到府衙内参观，所到之处，都有佛堂和被供奉的佛祖塑像。每遇佛像，李嶷都随着法显下拜三叩，十分虔诚。李嶷还专门给法显安排了宽敞的房间，供其休息和做法事。只要闲暇时，必与法显长谈，并拜法显为师，学习佛法。

"大师，虽然李某也是一个信佛之人，无奈不其城内简陋荒凉，连一所寺庙都没有。我有心向佛，只能在家里办办法事。大师是去过佛祖故乡修过行的，能光临弊地，真是我们的福气。希望大师多多为我们讲法布道啊！"李嶷毕恭毕敬地说。

"李大人客气了。大人能收留法显，已是佛门弟子的福气。既然大人一心向佛，我们就是有缘之人。弘法讲经，是出家人的分内之事。如果大人吩咐，法显必竭力效劳。"法显也客客气气地回答。

为了聆听佛法，李嶷定期举办小型法会，邀请法显讲法。

没想到，法会越办越大，城内城外的老百姓都慕名前来听讲。听说法显在佛祖的故乡修行了十三年，还带回了真经，信众们都敬佩不已，希望法显讲讲去天竺的经历。其实，这也是法显最愿意讲的。在西去天竺的路上和在天竺习法的日子里，给他印象最深刻的，就是各国信众对佛教的信任，对佛教教徒的尊重。在他所经历的三十个国家里，上至国王，下至平民百姓，都受佛法的感染，敬佛、爱佛、尚佛，笃信佛教的教义，遵守佛教的教规。在佛光普照下，国泰民安，上下祥和，人民安居乐业。每次讲到这些经历，法显都是滔滔不绝、激情满怀。像西域于阗国的"行像"大典、竭叉国的无遮大会，以及天竺佛国的敬佛、礼佛事件，他都讲得绘声绘色，打动了万千听众。而此时华夏各地仍处在战乱之中，国土分裂、列强争霸，人民仍处在极度贫困之中。相比之下，人们怎能不向往和平美好的佛国天堂？

法显还展示了他在天竺绘制的佛像、菩萨像，张贴在墙上，供信众瞻仰。比起佛祖雕塑来，佛像更逼真形象，形神兼备。信众们看到佛像，感觉就像是佛祖从天而降一般，纷纷倒地跪拜，高呼"阿弥陀佛"。

法显懂得民众对佛法的渴望，处处不忘弘法布道，呼吁国人上至官吏，下至平民，都崇尚佛教，信奉佛祖，一心向佛，以善为念，切勿为一己之私而祸乱天下。他的话引起了所有人的共鸣，深受大家信服。人们对法显更是敬重有加，对佛教更加向往了。当地老百姓便自筹资金，在法显登陆的海岸边造了一所小型寺庙。法显移居到这里，继续与前来修正果的佛教僧侣交流佛法，广结善缘。

这年秋天，兼任兖州和青州刺史的刘道怜，从李嶷口中得知一位年迈的高僧，从天竺归国，落脚在长广郡，便派专人去请法显南下彭城度冬。刘道怜是掌握兵权的东晋太尉刘裕的弟弟，跟随刘裕南征北战立下了功劳，后被派到兖州和青州当刺史。彭城，就是今天的徐州，兖州和青州治所。刘裕虽是一介武夫，但重视和崇信佛教，喜欢与僧人交往，尊重高僧大德，从政理念也受一些高僧和教团首领的影响。刘道怜也对佛教十分重视。法显志在弘法，把佛法的光辉洒遍华夏的每一个角落是其心愿，自然答应了下来。

法显来到彭城后，刘道怜亲自迎接，热情款待，安排到彭城的石佛寺居住，并举办法坛，请法显讲法。每次讲法，刘道怜都会到场，盘坐在俗众前面。怀着对法显身世的尊敬和他奇迹般西行经历的好奇，刘道怜最愿意听的，是他十三年间求法过程中所发生的故事和他对天竺佛国的描述，这些更激发了刘道怜对佛教的向往和尊重，感受到佛教所带来的好处。刘道怜觉得，佛教的魅力如此巨大，佛光普照下的世界如此美好，那应该是一个举国太平、上下和谐的理想国度。谁愿意生活在乱世呢？谁愿意国家战乱不休呢？同时，他又觉得偌大的彭城，寺庙太少了，佛教正在这里衰落。而早在东汉时期，彭城是与洛阳并存的另一个佛教传播中心。怎么把佛教衰落的趋势扭转过来呢？法显的到来，给了他灵感和决心。他决定出资建造一所气派的寺庙，重振本地佛教。

　　他把自己的想法告诉了法显。法显本来是想在这里住锡一些日子，做几场法会就离开，一听说要建造寺庙，当然高兴，满口答应。因为多一所寺庙，就多一所弘扬佛教的场所。于是，刘道怜就把寺庙建设的设计权和指导权交给法显。

　　建寺，首先要起一个寺名。法显特别喜欢自己在天竺绘制的龙华图佛像。龙华图佛像，画的是弥勒佛，也称弥勒尊佛，他是释迦牟尼的继承人，因在龙华树下成道，后人为了纪念他，在天竺修造了龙华寺。法显画的弥勒佛像，憨态可掬、慈眉善目、笑脸灿烂，一见就有亲近之感，很受人欢迎。所以，他决定把新寺名也叫龙华寺。

　　法显十分崇尚天竺各国的寺庙风格，认为那是最原始的、最正统的寺庙建筑。虽然汉地寺庙也是从天竺传来的，但在传入过程中，发生了变化。例如，天竺寺庙上的塔，建筑形式传入后，演变为楼阁型木塔和砖塔，塔顶由覆钵形演变为桶形；天竺的"精舍"，建筑形式传入后，与传统的宫殿形式结合在一起，逐渐转为融合了本地风格的佛教建筑；安置佛门弟子的精舍，演变成僧众和合的寺院，寺院中央设佛殿，外围设僧房，均为砖、石、木构造。法显希望摒弃这种中西结合的风格，建立一所完全天竺化的寺庙。

　　动土开工的那天，举行了隆重的奠基大典。刘道怜刺史率官府大小官员亲自到场祝贺，法显和石佛寺的僧人也悉数到场。法显穿着干净整洁的新制僧衣，在洗手净面、参禅拜佛做完法事之后，显得更精神更年轻。当初归国途中的劳顿和倦容，早已不见了踪影。这些日子，对佛法的期待和对弘法的踌躇满志，使他忘记了自己的高龄，天天奔波在各处的道场上，说法布道，不知疲倦；而今为新寺奠基，更是不遗余力。来参加新寺奠基的，还有附近寺庙的方丈，甚至东晋都城建康的道场寺，也派了代表来祝贺，并赠送了礼物。

法显是今天的主人，他笑容满面、精神焕发，向各位来宾致以最隆重的佛礼，并不住地合十鞠躬，口诵佛号，同来宾寒暄。在大谈了一番建造龙华寺的起因和意义之后，他在地上铲了几锹土，取来了从天竺艰难转辗带回来的两块光洁圆润的佛石，亲手埋入土中，将它们作为龙华寺的奠基石和护寺之宝。

为了照搬天竺风格，法显亲自绘制建筑图，不时来监工。佛塔仍为覆钵塔，安置佛门弟子的精舍，仍然保持天竺样式。塔为方形塔基和塔身，上置半圆形覆钵，覆钵之上为伞杆及伞。整座寺庙宛如一座方城，建于高台，周围有长廊。内有经堂、禅室、僧舍和钟鼓楼，均由砖建造。屋顶、房檐和院落地面，用碎砖和黏土制成，再涂石灰，盖上青草，磨光，上赤土汁，再上油漆。大殿内塑菩萨像，坐于莲花宝座之上。

这是汉地第一座融合天竺风格的早期佛塔和寺院建筑，法显又将自己从天竺绘制的龙华图佛像赠予塔内供养。有了新寺，就如有了新家。法显从石佛寺入住龙华寺内，带着新入寺的僧人们做早晚功课、供奉佛像、讲法说禅。一晃，新一年的夏天就到来了。

法显依规"夏坐"，并集中时间温习自己从天竺带回来的律藏经书。这一温习，又让他的心思沉重起来。自从回国至今，已过大半年光阴，因忙于各种应酬，几乎顾不得这些经书。取经的本意，是带回完整的戒律；戒律取回来了，却不能马上推广传播，原因是这些戒律由梵文抄录，尚未翻译成汉语。如果不能翻译出来，供僧众研习，跟没有取回来又有什么区别呢？而要想把这些经书全部准确地翻译成汉语，又非一日一人之功。自己已经是一个七十有六的老人了，所剩的日子不多，穷其一生也未必能完成这项工作。可是又有谁精通梵文，助自己一臂之力呢？

他想起了长安的护国寺，想起了当初朝夕相伴、习经弘法的那些同事。道安大师曾经召集了一大批翻译人才，其中有西域高僧，也有本土培养的新秀，他们才是翻译经书的中坚力量。可是，分别这么多年了，他们还好吗？还在长安吗？这样一想，不由得又勾起了满心的思念之情。当初分别时，大家千叮咛万嘱咐，希望自己早日把戒律带回来，造福佛门弟子，这种盼望归来的心情，应该跟自己是一样的，甚至他们早就望眼欲穿了吧！

不能再等了！不能再等了！于是，法显决定，"夏坐"一结束，就起身回到长安去，同他们共商翻译大事。

第二十八章

~~

译经书大功告成

　　法显首先把自己回到长安护国寺译法的想法告诉了刘道怜。刘道怜听后，连连摇头，说他此去凶多吉少，完全没有必要。

　　原来，以建康为都城的东晋和以长安为都城的后秦，这些年也是战争不断。兵强将足的东晋军队，由太尉刘裕统帅，屡次讨伐日渐衰落的后秦。现在，刘裕又在厉兵秣马，打算毕其功于一役，战争随时都会打响。而受连年战争的影响，昔日长安的繁华早已成为过往，如今满目疮痍，已看不到当年佛法盛行的样子了。中原佛教的中心，正在向南转移。就是曾经名噪一时的长安护国寺，也是一日不如一日，高僧大德都已辗转去了江南。刘道怜告诉他："你去了长安，恐怕连命都保不住啊！如果你真想翻译经书的话，就去建康吧，那里高僧甚多。"

　　法显闻言，长叹一声，满心焦虑，情不自禁地念起佛号，祈求战乱早日结束，还故乡老百姓一方平安。

就在这时，他收到了江南佛教领袖慧远的信，请他去庐山弘法。慧远是道安大师的高足，公元379年，前秦皇帝苻坚重兵围困襄阳，道安大师为避免徒众遭受战祸，分遣大家往各地布教。慧远也率弟子数十人南下，定居庐山，建造龙泉寺，在寺内修行。后来，由于各地高僧名士望风而来，人数激增，慧远又在庐山东面建立东林寺。多年来，他扎根庐山，吸纳各方佛教名流，一方面弘法济生，一方面研习佛法，已名噪江南各地。

慧远的信，让法显看到了希望。正准备动身前往庐山，同这位佛教领袖商谈译经之事，一封来自建康道场寺的信，又让他改变了想法。这封信是自己一同西去天竺的同伴——智严、宝云写来的。当初，宝云在天竺弗楼沙国供养佛钵后，就告别了法显，与僧景、慧达一道提前回国了，而智严早在西域乌夷国就同法显分了手。他们在信中告诉法显：建康聚集了从全国各地来的高僧，其中包括智严请来的天竺禅师佛驮跋陀罗，也从长安来到了建康。佛驮跋陀罗，法号觉贤，精通梵文，也懂中文，翻译经书是一把高手。得到这个消息，法显决定先去建康道场寺。

建康，就是今天的南京，是东晋的都城。法显到达道场寺后，受到了智严、宝云等老朋友的欢迎。故友重逢，几多亲热、几多欢笑。谈起这些年的各自经历，人人感慨、无语成噎；讲到天竺诸国的佛法盛况时，大家又都连声诵佛，羡慕得不得了，特别是宝云，一再后悔自己没有坚持走下去。然后，又谈起当年的十一位取经同伴，讲到慧简和慧嵬在高昌国与智严分手后至今下落不明时，大家连声叹息。原来，智严在高昌国听说罽宾国有一位天竺高僧叫觉贤，便吩咐慧简和慧嵬留下来继续筹集川资，自己则独自去了罽宾国，以后的情况他并不了解。讲到慧应、慧景命丧中途时，大家唏嘘再三，连声祷告。讲到僧韶杳无音信、道整不思归汉时，大家又感慨一番，摇头叹息。畅谈了多时，智严才把他从西域带来的高僧觉贤请了出来，介绍给了法显。两位高僧用梵语叽叽咕咕地交谈起来，说得没完没了，就像有说不完的话一样。

这觉贤虽十七岁才出家，却勤学多才，博通经典，以精于禅定和戒律出名。由于仪表质朴又有涵养，深受僧众钦佩。后来他到了西域的罽宾国，又跟当地著名的大禅师进修佛法。就是在那里，他遇见了从高昌国来到罽宾国的智严。两人一见如故，智严便请觉贤到中原弘法，这正符合他的夙愿。他们说走就走，却在去汉地的旅途中历尽艰辛：先是走雪山，后又改走海道，辗转三年才到达青州东莱郡，即今天的山东掖县；接着，他们就去了长安，后又去了庐山，再去了荆州，受到逗留在荆州的东晋太尉刘裕的尊敬和礼待，不久便随刘裕到了建康，住在道场寺修行。

法显拿出自己从天竺带回来的律藏和经书，觉贤初看一眼，就惊奇不已，因为这些戒律珍本，他也只是听说过，从来就没有见过，看看这本，又翻翻那本，爱不释手。两人一拍即合，当即决定共同翻译这些佛教经典。

觉贤精通梵文，这方面比法显强；法显精通汉语，尤擅毛笔字。两人取长补短，说干就干。他们翻译的第一部律经，是《摩诃僧祇律》，共四十卷。两人从第一卷开始，由觉贤直接将梵文口译成汉语，由法显秉笔抄在纸上，遇到字意不明的，两人探讨一番，再作翻译，力求准确表达原意。此外，法显还独立翻译了《大般泥洹经》六卷本。

法显带回的经书共六十多卷，达百万言之多。要将这些浩若烟海的佛经典籍手抄本从梵文翻译成汉文，并传播出去，这无疑是一项工程浩大的工作。法显知道自己的余生不多了，都将投入其中，所以，他必须与时间赛跑。同时，法显在夜以继日翻译经文的间隙内，还要给年轻的弟子讲经说律。因为他知道，一个人的生命是有限的，而佛法戒律，却需要代代相传。

于是，翻译之余，法显就利用本寺法会或外出传教的机会，给年轻的弟子讲法。他重点讲述的内容，就是自己从天竺带回来的戒律经书。在道场寺宽大的经堂内，二百多名弟子静听他的译讲。他对照着刚刚翻译出来的经卷，一边宣读，一边讲解。而数十名精通文墨的弟子，则被安排坐在前面，每人面前放置一张书案，一边听课，一边将法显宣读的经文抄录下来。这样，一本经书宣讲完了，也被抄录完了，等于又多了数十本经书，这无疑有利于戒律真经的进一步传播。

在道场寺的四五年间，法显同觉贤陆续翻译并校订了《大般泥洹经》《摩诃僧祇律》《方等般泥洹经》《杂阿毗昙心论》《杂藏经》等佛教经律。法显的翻译，直接转梵为汉，这在中国佛教史和中外文化交流史上都是一个创举，对中国佛教发展起到了很大的作用。

在翻译工作接近尾声的时候，法显再次收到庐山东林寺慧远大师的信件，邀他去庐山弘法，并建议法显将自己西去天竺的经历记录下来，作为中原佛教传播史料加以保留。在道场寺这几年，法显与慧远一直保持通信往来，每次通信，慧远都力邀法显前往，只是翻译工作非常重要，法显都婉言谢绝了。这次，他毫不犹豫地答应下来，巴不得早点离开这个是非之地。

原来，他不想再待在建康，还有一个重要原因，就是他不想再见到东晋太尉刘裕。

在许多人眼里，刘裕是一个礼佛、信佛、敬重僧人的大军阀。的确，他对待出家人表现得非常恭敬。就说法显吧，他到达道场寺不久，刘裕就赶到寺内，同法显见面，口称"大师"，自称是"寺外僧人"，"欢迎大师从天竺修行归来"，还假惺惺地要拜法显为师，称赞法显是一个睿智的老者，一看就有仙风佛骨，已修成正果，是中国的"大佛"，等等。此后，只要他忙完军务或外出还朝，都要抽时间来道场寺看望法显、觉贤等高僧大德，虚心习法。

但法显很快就看出来了，刘裕并不是一个真心向佛的人。他贪心太重、心狠手辣，虽在一人之下、万人之上，却凭借手中的军权，时刻梦想着篡权夺位。他亲手扶植了一个皇帝，打着皇帝的旗号发号施令、四处征讨，却又完全不把皇帝放在眼里，只当作傀儡和摆设对待。老百姓私下传言：刘裕一旦打败了后秦，必将自立为帝；他对待僧人的所谓谦恭，无非是沽名钓誉。听了这些传言，反观刘裕这些年的所作所为，法显不由得大为失望。因为每一次朝代更替，都会引起祸乱，让无辜的人遭殃；每一次战争的发生，都会让无数人命丧沙场，这是不可接受的。

有一次，法显在给刘裕讲法后，描述了天竺各国相安无事、天下太平、百姓安居乐业的情景，并讲了一番六道轮回和改恶从善的道理，劝他与人和平共处，尊重生命，勿再引起祸乱，以免报应到自己头上。但刘裕却听得很不耐烦，虽默不作声，却明显流露不满。从此，再也没有到过道场寺。法显想：此人难以教化，一意孤行，总有一天会自食其果的。

法显的预言，后来真的应验了。公元417年八月，刘裕吞并了后秦，自以为羽毛丰满，三年后又除掉了当朝皇帝，杀了皇族子孙，代晋自立，建国号"宋"，史称刘宋或南朝宋。不过，若干年后，报应也轮到他的头上：当刘宋王朝衰败的时候，继任者萧道成也杀了刘裕的子孙后代，取而代之。——这是后话了。

这年秋天，八十多岁高龄的法显，带着他翻译的戒律经典，来到了庐山东林寺，拜访了慧远大师。慧远走出山门迎接，热情款待，并邀请法显住锡庐山过冬。交谈中，慧远询问了法显西行的经历，法显一五一十地道来。慧远听了十分感动，再次表示，请法显把自己西行求法的前后经过详细地记录下来。法显应允了，还将自己翻译出来的戒律经典赠送给东林寺。慧远翻阅了这些经律，也是如获至宝，称赞法显做了一件大好事，功德无量、彪炳千秋，并表示马上向弟子们传播这些新律。

也许是为了逃避世间的纷争，也许是经历了人世的变化无常后需要静心修行，也许是大功告成后想自觉引退，年迈的法显辞别了慧远，去了荆州江陵的辛寺，在那所偏远的小寺庙里完成了自己人生中最为重要的一部著作——《佛国记》，直到八十六岁无疾而终。